KB123674

로크미디어가
유혹하는
재미있는 세상

ROK
MEDIA
로크미디어

이것이 법이다

이것이 법이다 116

2021년 7월 5일 초판 1쇄 인쇄
2021년 7월 8일 초판 1쇄 발행

지은이 자카예프
발행인 김정수 강준규

기획 이기헌 왕소현 박경무 강민구
책임편집 최전경
마케팅지원 배진경 임혜솔 송지유 이영선

발행처 (주)로크미디어
출판등록 2003년 3월 24일
주소 서울시 마포구 성암로 330 DMC첨단산업센터 318호
Tel (02)3273-5135 **편집** 070-7863-8592 **Fax** (02)3273-5134
홈페이지 rokmedia.com **E-mail** rokmedia@empas.com

ⓒ 자카예프, 2015

값 8,000원

ISBN 979-11-354-8919-8 (116권)
ISBN 979-11-255-9575-5 04810 (세트)

이것이 법이다

116

자카예프 장편소설

로크미디어

CONTENTS

"으하하하아암."

오광훈은 입을 찢어지게 벌리며 방에서 나왔다.

온 집 안이 진한 청국장의 냄새로 그득했다.

"아, 좋네."

배를 벅벅 긁으면서 냉장고로 간 오광훈은 시원한 물을 한 통 꺼내 벌컥벌컥 들이켜면서 잠을 깼다.

그때 뒤에서 목소리가 들렸다. 백자연이었다.

"아저씨, 지금 몇 시인데 아직까지 잔 거야?"

"넌 핵교 안 가니?"

"할배야? 학교도 아니고 웬 핵교?"

백자연은 아예 당연하다는 듯 찌개를 끓여 두고 기다리고 있었다.

"남이사. 제발 남친 좀 사귀고 그러라니까."

"아니, 싫다니까."

백자연은 이젠 지겹다는 듯 시선도 주지 않았다.

그 모습을 가만히 보던 오광훈은 문득 호기심이 동해 넌지시 물었다.

"야, 근데 넌 내가 왜 그렇게 좋은 거냐?"

"검사 싫다는 여자 못 봤는데?"

"너무 노골적인 거 아냐?"

오광훈은 일부러 과장되게 상처받은 표정을 지었다. 하지만 백자연은 넘어가지 않았다.

"빨리 밥이나 먹어. 아저씨 밥 챙겨 주고 갈게."

"그러면 대학이라도 가든가."

"이미 많이 늦었거든요? 제 머리로 대학은 무리이옵니다, 마마."

"아, 진짜."

오광훈은 툴툴거리면서도 테이블 앞에 앉았다.

그리고 고봉밥을 보면서 한숨을 푹 쉬었다.

"밥이 바뀌었잖아."

"아, 미안."

거대한 고봉밥은 백자연의 앞으로, 그리고 작은 밥공기는 오광훈 앞으로.

"너 진짜 연비 안 좋구나."

오광훈이 백자연을 다시 만났을 때 그는 보육원에서 제대로 밥을 안 줘서 그녀가 그렇게 마른 줄 알았다.

하지만 그 생각은 반은 맞고 반은 틀렸다.

밥을 제대로 안 준 것도 사실이지만, 백자연은 소위 말하는 '연비'가 너무 안 좋았다.

남자 성인 기준 네 배는 먹는데 살이 안 찐다.

"걱정하지 마. 곰국 끓여 놨어."

"그러니까 네가 먹을 걸 왜 우리 집에 끓여 두냐고."

"어차피 내가 먹을 거니까."

"못 산다, 진짜."

그나마 다행인 것은 백자연이 요리 솜씨는 좋다는 거다.

나이 먹고 주방에서 보조를 해서 그렇다나?

"그나저나 오늘은 웬일로 이렇게 늦잠을 다 자? 출근 안 해?"

"반차 냈다. 나도 사람이다. 좀 살자."

지난 며칠간 너무 바빠서 제대로 정신도 차리지 못할 만큼 일이 많았다.

그 때문에 오광훈은 어쩔 수 없이 반차를 냈다.

"날 그 일중독자 노형진하고 비교하지 마. 그놈은 일 없으면 못 살지만 난 놀고 싶은 남자야."

"흠……."

"왜, 다른 사람이라도 만나고 싶어지냐?"

"그럴 리가 있나?"

"제발 좀 만나라."

툴툴거리면서 청국장을 뜬 오광훈은 밥에 벅벅 비벼서 한 입 먹었다.

딩동, 딩동.

"뭐지?"

시계를 힐끔 본 오광훈은 인터폰 앞에 있는 사람을 보고 눈을 찌푸렸다.

"아 씨, 진짜 택배 좀 그만 주문해."

"뭐 어때. 어차피 여기서 엉겨 붙을 건데."

"뻔뻔함이 하늘을 찌르는구나."

오광훈은 툴툴거리면서 현관문을 열었고, 잠시 후 택배 기사가 다가와서 그에게 박스를 내밀었다.

"오광훈 씨?"

"네, 그런데요."

"주문하신 택배입니다. 여기 확인 좀."

"네?"

오광훈은 고개를 갸웃했다.

당연히 백자연이 주문한 택배라 생각했다. 그런데 자신에게 온 거란다.

"전 택배를 받을 일이 없는데요."

이것이 삶이다

"네? 하지만 여기 송장에는 오광훈 씨라고 되어 있는데요."

"내용물이 뭔데요?"

"아이스 홍시입니다."

"아이스 홍시?"

오광훈은 아이스박스에 담긴 물건을 받아 들었다.

하지만 아이스 홍시치고는 너무 가벼운 느낌이었다.

"저 홍시 안 먹는데……? 야, 백자연! 네가 홍시 주문했냐?"

"어? 나 주문 안 했는데."

주방 안쪽에서 들려오는 목소리.

그러더니 백자연이 말을 덧붙였다.

"선물인가 보지."

"그런가?"

오광훈은 무심하게 택배를 들고 안으로 들어왔다.

그리고 칼을 가지고 와서 밀봉한 테이프를 잘라 냈다.

"뭐야? 홍시? 누가 보냈대?"

"글쎄."

"이름 없어?"

"보낸 사람이 '홍시주식회사'란다. 뭔 이딴 이름이 다 있어?"

툴툴거리면서 아이스박스를 연 오광훈은 그 안에서 뭔가를 꺼내 들었다.

"뭐야, 이건?"

삐뚤빼뚤하게 쓰인, 간신히 알아볼 정도의 글씨.

"이게 뭐야? 개임을 시작하자?"

"개임? 홍시가 아니라 개임이야?"

"아니, 안 샀다니까. 그리고 뭔 글자가 게임도 아니고 개임이야?"

이리저리 뒤적거리는 오광훈.

하지만 그 종이 말고는 아무것도 없었다.

"이상한데. 뭐 이딴 택배가 다 있다냐?"

"글쎄."

오광훈은 고개를 갸웃하면서 종이를 뒤집었다.

그러자 무언가가 적힌 것이 보였다. 오광훈은 찬찬히 문구를 읽었다.

"전라북도 순천면 월광읍 33번 국도 음항리 입구?"

"뭐야, 그게?"

"나도 모르지."

오광훈은 그걸 그냥 꾸겨서 휴지통으로 휙 던졌다.

"별 그지 같은 장난질이 다 있네."

"어?"

그사이에 핸드폰을 뒤적거리던 백자연이 놀란 듯 말했다.

"왜?"

"아까 음항리 입구라고 하지 않았어?"

"그랬지."

"뉴스 떴는데?"

"뉴스? 무슨 뉴스?"

오광훈은 핸드폰을 받아서 기사를 읽기 시작했다.

오늘 새벽 전라북도 음항리 입구에서 10대로 보이는 남성 시신 1구가 발견되었습니다. 시신은 도로 옆에 버려져 있는 것을 밭으로 나가던 농부가 발견했습니다.

신분은 닷새 전 실종된 그 근처 학교의 학생 김 모 군(16)으로 추정되며 사망 시간은 어젯밤 11시경으로 추정하고 있습니다.

"어?"

갑자기 날아온 편지에 쓰인 곳에서 발견된 시체.

우연치고는 너무 공교롭다.

시체가 발견된 후 누군가가 장난을 친 것일 수는 없다. 지금 택배가 도착했다는 건 최소한 어제 낮에는 발송했다는 뜻이기 때문이다.

그런데 사망 추정 시간은 밤 11시.

즉, 택배를 보낸 시점에는 살아 있었다는 소리다.

"이거 뭐야?"

오광훈은 등골이 서늘해지는 것을 느끼고 부르르 떨었다. 옆에서 함께 보던 백자연이 손으로 입을 가렸다.

"뭐야? 이거…… 완전…… 소름 돋아. 지금 예고한 거야,

사람을 죽이겠다고? 아저씨한테?"

"아니, 그게 아닐 수도 있어."

오광훈은 전화기를 들었다.

우연일 수도 있다.

하지만 그게 우연인지 아닌지는 직접 확인해 봐야 했다.

몇 번의 통화 끝에 해당 사건의 담당자를 찾아낸 오광훈은 그 검사와 통화했다.

"서울 중앙지검의 오광훈 부부장검사입니다."

드디어 승진해서 좋아했는데 이런 꺼림칙한 사건이라니.

─아, 오진아 검사입니다. 무슨 일 때문에 그러시죠?

"음항리 살인 사건 때문에 그러는데요, 특이 사항 없습니까?"

─특이 사항요? 실례지만 그건 말씀 못 드리는데요. 전화로 부부장검사님이라고 말한다고 해서 저희가 뭘 어떻게 해 드릴 수 있는 것도 아니고.

"하긴, 그건 그렇지요?"

오광훈은 머리를 긁적거렸다.

얼마 전에도 모 지사가 '나 도지사인데.'라고 헛소리하다가 가루가 되도록 까이는 바람에 전화상의 신분 주장만으로는 정보를 건넬 수 없게 되었다.

"그러면…… 이건 확인 가능할까요?"

─확인요?

"어…… 개임을 시작하자?"

상대방은 잠깐 침묵을 지켰다. 그리고 한숨을 쉬었다.

－장난치시는 건가요?

"아니었나요? 아, 그러면…… 미안합니다. 제가 뭘 잘못 알았나 보네요."

－아닙니다. 저희 검찰은 어떠한 정보도 환영합니다. 이번 사건에 대해 아시는 거 있나요?

"아니, 딱히 아는 건 없는데요."

결국 딱히 밝혀진 것 없이 끝난 통화.

"역시 기우였나?"

"역시나 장난?"

"그런가 봐. 우연인가 보지."

남은 밥을 마구 먹어 치운 오광훈은 일어나서 씻고 나왔다. 그리고 기지개를 켠 다음 소파에 털썩 앉았다.

"아, 일하기 싫다."

"쉬어."

"공무원이 그런 게 어디 있어? 너 먹는 양을 생각해 봐라. 내가 일을 쉬는 순간 넌 굶어 죽어."

"아니, 아저씨 부부장검사잖아! 그러면 하루쯤 쨀 수 있는 거지."

"검찰이 학교냐? 째면 잘려."

"아, 몰라, 몰라. 그럴 때는 째는 거야."

백자연은 갑자기 피식 웃더니 그대로 오광훈의 목에 거는 출입증을 가져다가 자신의 목에 걸었다.

"내가 누군지 알아? 부부장검사야, 부부장검사."

"지금 나 따라 하는 거냐?"

"지금 나 따라 하는 거냐?"

"하나도 안 똑같거든!"

"하나도 안 똑같거든!"

"그만 내려놔라. 나 출근해야 한다."

"그만 내려놔라. 나 출근해야 한다."

"아, 쓥."

오광훈은 백자연에게 다가가서 그녀의 목에 걸린 출입증을 빼앗으려고 했고, 백자연은 그런 오광훈을 피해서 도망다니기 시작했다.

"나 잡아 봐라, 꺄하하하!"

"쌍팔년도 영화 찍고 있네. 그거 안 내놔!"

백자연은 집 안을 빙빙 돌았다. 그러나 집이 크지 않았기에 얼마 가지 않아 오광훈에게 잡히고 말았다.

그 순간 갑자기 문이 '쾅!' 하는 소리와 함께 열렸다.

"꼼짝 마! 경찰이다!"

총을 들이밀며 집 안으로 들이닥친 흉흉한 눈빛의 남자들의 모습에 오광훈과 백자연은 그대로 얼어붙었다.

그러나 얼어붙은 것은 두 사람뿐만이 아니었다.

총을 든 남자들 또한 밀려오는 당혹감을 주체할 줄을 몰랐다.

그도 그럴 것이, 그들의 눈에 보인 것이 교복을 입은 여학생이 러닝 차림의 남자에게 제압(?)당하고 있는 듯한 묘한 풍경이었으니까.

"너…… 너…… 뭐 하는 거야?"

"아니, 뭘 하냐고 물으신다면 이건 오해가…….'

오광훈은 다급하게 변명하려고 했지만 백자연은 생각보다 더 뻔뻔했다.

"교복 플레이?"

"너 지금 그걸 말이라고!"

"잡아! 잡아!"

"우아악!"

오광훈은 몰려드는 경찰들에게 찍어 눌리면서 비명을 질렀다.

⚖

"죄송합니다. 검사라고 거짓말한 줄 알고…….'

잠시 후, 오광훈은 시퍼렇게 멍든 얼굴로 경찰들과 어색하게 마주 앉아 있었다. 한 경찰이 무척 미안한 표정으로 진중하게 고개를 숙였다.

"그렇게 생각할 수도 있죠. 흠흠…… 동생이 장난쳐서."

오광훈이 뻘쭘한 얼굴로 말하는데, 옆에서 백자연이 불쑥 끼어들었다.

"동생 아닌데?"

"아, 씁. 넌 지금 이 상황에 농담이 나오냐?"

백자연을 한번 흘겨본 오광훈은 멍이 든 얼굴을 계란으로 문지르며 경찰에게 물었다.

"그런데 도대체 왜 남의 집에 들이닥친 겁니까?"

"아…… 그게, 긴급 전화 추적을 해서……."

"전화 추적?"

"범인으로 의심되는 전화가 왔다고……."

오광훈은 자신이 했던 유일한 통화가 생각났다.

오늘 한 통화는 그것뿐이니 그들이 말한 것도 그것이리라.

"그런데 왜 제가 범인이라고 생각하신 겁니까?"

"그…… 담당 검사인 오진아 검사에게 중요한 핵심 코드를 말씀하셨다고 들어서요."

"핵심 코드요?"

"네, 개임을 시작하자고."

"네? 그게 왜 핵심 코드……."

경찰은 사진을 한 장 건넸다.

아마도 사건 현장에서 발견된 물품을 찍은 것으로 보이는 그 사진에는 삐뚤빼뚤한 악필로 글씨가 적힌 종이가 있었다.

개임을 시작하자.

"닝기미."

"그래서 급하게 추적한 겁니다. 그런데……."

오광훈은 머리를 부여잡았다. 그리고 경찰에게 말했다.

"안 그래도 아침에 이상한 편지가 왔습니다."

"편지요?"

"네. 주소 외엔 똑같은 문장이 적혀 있었지요. 개임을 시작하자고."

"글자는요?"

"똑같아 보이네요."

눈을 크게 뜨는 경찰들.

"주방 쪽에 있는 휴지통에 던져 넣었으니까 빨리 사람 보내서 확인해 보세요. 일단 증거인 것 같으니 더 이상 우리가 손대지 않는 게 좋겠네요. 과학수사 팀 부르세요."

"네! 네! 빨리 사람 보내서 수거해!"

"그리고……."

오광훈은 한숨을 푹 쉬었다.

"전화 한 통 씁시다. 변호사 좀 불러야 할 것 같으니까."

⚖

노형진은 일하다 말고 급하게 불려 왔다.

그리고 오광훈에게 사정을 듣고는 머리를 부여잡았다.

"너한테 그런 게 갔다고?"

"그래. 이 미친놈은 뭐냐?"

"진짜 미친놈이다."

사건 개시일 뿐이지만 이 사건의 무게는 다른 사건과 다르다.

더군다나 오광훈뿐만 아니라 검찰 전부와 관련된 사건이다.

"도대체 무슨 게임을 하자는 거야?"

"후우, 일단 전문 프로파일러가 붙어야 보다 정확히 알게 되겠지만, 간단하게 말해 줄게. 이건 너와 검찰에 대한 도전이야."

"나와 검찰에 대한 도전? 그런 미친놈이 있다고?"

"그래. 다만 이건 극단적인 경우지."

이런 타입은 한국에는 별로 없다.

하지만 별로 없다는 말이 아예 없다는 뜻은 또 아니다.

"일종의 체스인 거지."

"체스?"

"너는 추적하는 역할이고 놈은 도망가는 역할의, 말 그대로 게임이야."

그리고 피해자들은 체스 말이다.

"자기도취성이 강한 범인이야. 그리고 문제는……."

노형진이 막 설명해 주려고 하는 찰나 뒤에서 다른 목소리가 들려왔다.

"그런 범인들은 실제로 그런 싸움을 걸어올 만큼 지능이 뛰어나다는 거죠."

고개를 돌려 보니 문 앞에 한 남자가 서 있었다.

상당히 피곤한 얼굴의 그는 안으로 들어와서 오광훈에게 손을 내밀었다.

"강진환 경장입니다. 프로파일러로 근무하고 있습니다."

"오광훈 검사입니다."

"저는…… 노형진이라고 합니다."

"알고 있습니다. 로펌에 프로파일을 도입하신 분이죠."

기존에 경찰과 검찰에서만 이용하던 프로파일을 변호사 업계에 처음으로 도입해서 승률을 높인 노형진은 프로파일러들 사이에서 제법 이름이 알려져 있었다.

그럴 수밖에 없는 게, 한국의 프로파일러들이 취직할 수 있는 곳이라고는 오로지 검찰과 경찰뿐인지라 전문성에 비해 터무니없이 낮은 임금을 받고 있었는데, 노형진이 민간 프로파일러 시장을 열면서 결과적으로 몸값이 올라가는 현상이 벌어졌기 때문이다.

검찰과 경찰에서 능력을 증명한 프로파일러들이 고액의 연봉을 제시받아 민간 시장으로 넘어가고, 새로운 프로파일러들이 다시 경찰과 검찰에서 경험을 쌓으면서 늘어나는 형태.

결과적으로 프로파일러들의 숫자가 늘어나면서 강력 사건

해결에 도움이 되는 경우가 많아져서 누명을 쓰는 사람도 적어지는 선순환이 이루어졌다.

그래서 새론은 현재도 프로파일러들의 이직 희망 기업 1순위를 차지하고 있었다.

"김소라 씨는 잘 있나요?"

"알고 지내셨습니까?"

"초창기에 같은 팀원이었습니다. 서로 고생이 많았지요."

"지금도 고생이 많으신 것 같은데요?"

노형진의 말에 강진환은 씁쓸하게 웃었다.

"어쩔 수 없지요. 인원이 부족하니까요. 하아, 일종의 과도기입니다. 다른 프로파일러들이 많이들 이직을 선택해서요. 뭐, 후배들 가르치고 나야 좀 살 만할 겁니다."

그는 피곤한 얼굴로 두 눈을 문질렀다.

얼마나 피곤한 건지 그의 눈가에는 다크서클이 가득했다.

"프로파일러가 많이 부족한가 보군요."

"아무래도 그렇지요. 이직을 감안해서 증원해 달라고 해도, 도통 들어 먹어야 말이지요. 그놈의 예산 타령 좀 안 들었으면 좋겠네요."

프로파일러는 무척이나 되기 힘든 직종이다.

단순히 배운다고 되는 게 아니라 진짜로 타고나야 하는 직종 중 하나다.

현실적으로 관련 학과를 다 이수했다고 해서 프로파일러

가 될 수는 없다.

상황에 따라 판단이 달라지고, 그 판단에 사람 목숨이 걸려 있는 게 프로파일러의 세계다.

문제는 그렇게 프로파일러가 되어도 경찰로서는 그다지 많은 돈을 받지 못한다는 거다.

물론 일반적인 경찰에 비하면 확실히 많은 연봉을 받는 것은 사실이다. 하지만 그 전문성에 비교하면 절대 많다고 볼 수 없다.

당장 그 정도 공부의 양이면 정신과 의사에 준할 정도인데, 그에 비하면 대우도 좋지 않고 근무 환경도 나쁘다.

아무래도 수사직이라는 현실이 있기는 하지만, 그래도 연봉이 예산 문제로 충분히 지급되지 못하기 때문이다.

외국과 다르게 고액 연봉직으로 인정받지 못하고 소방관처럼 의무감으로 해야 하는 상황.

그러니 재능이 있는 지원자들이 많지 않다. 기존에는 취업 자리가 한정되어 있었기 때문이다.

설사 지원자가 많다고 해도 그들을 또 다 뽑지도 않는다.

범죄는 늘어나고 프로파일러들의 분석에 대한 신뢰도도 높아져서 부르는 곳은 많은데, 정작 프로파일러는 인원 확충을 하지 않는 것이다.

그렇다 보니 기존에 있던 프로파일러들이 갈려 나가는 형태로 운영될 수밖에 없다.

거기에다 이직하는 이들까지 늘어나니 남은 사람들의 부담은 더더욱 가중될 수밖에 없었다.

"그나저나 급하게 오셨나 보군요."

"사건이 사건이니까요."

강진환은 피곤한 얼굴로 자리에 앉으며 말했다.

"원래는 이건 변호사한테 이야기하면 안 되는데……."

노형진의 스타 검사 프로젝트가 가능한 건 피해자에게 의뢰받는다는 형태를 유지했기 때문이다.

하지만 아직 의뢰가 들어오지 않은 상황에서 듣는 건 불법이다.

"그래도 상황이 급하니 바로 가죠."

"이번 상황에 대해 심각하게 받아들이시나 보군요."

"이런 타입의 범죄자들은 절대 멈추지 않거든요."

연쇄살인범들은 자기들의 취향에 맞는 살인을 한다.

취향에 맞는 살인이라니, 표현이 좀 웃기지만 그게 사실이다.

"그런데 이런 타입은 일종의 도전이기 때문에……."

"무슨 뜻인지 압니다. 이런 놈들은 표적이 패배를 인정할 때까지 절대 멈추지 않지요."

그래서 다른 연쇄살인에 비해 살인의 스케줄이 아주 짧은 편이다.

정해진 기간에 살인하는 놈도 있기는 하지만 편지를 보낼 정도로 도발하는 놈이라면, 이쪽을 쓰러트리기 위해 더더욱 압박하기 마련이다.

당연하게도 그 압박이라는 건 살인이고.

"더군다나 피해자가 어리다고 하지만 남성입니다. 이건 생각보다 위험한 거죠."

"어째서 말입니까?"

오광훈은 어리둥절해서 물었다.

어차피 죽은 건 죽은 거다. 그런데 왜 남자가 죽은 게 더 위험하다는 건가?

"제압의 문제 때문이지."

"제압?"

"그래, 제압. 일반적으로 연쇄살인의 피해자가 여자인 건 두 가지 이유 때문이야."

첫 번째는, 연쇄살인에서 성적인 살인이 비중이 높기 때문이다.

자신의 성적인 환상을 채우기 위해 살인을 하는 미친놈들.

두 번째는, 상대방과 싸운다고 해도 제압하기 쉽기 때문이다.

미국이라면 일단 총이 있으니 쏴 버리면 그만이라지만 여기는 미국이 아니라 한국이다.

"그런데 첫 살인으로 남자를 골랐어. 아무리 어리다고 하지만 남자니까 근력이 어느 정도 있었겠지. 그 말은, 남자라고 해도 제압할 자신이 있다는 걸 의미하지."

"겁나 복잡하네."

오광훈은 머리를 긁적거렸다.

그가 보기에는 그게 그거 같았으니까.

"어찌 되었건 그는 지금 너를 비롯한 검찰에 도전한 거고, 이제 체스를 시작한 셈이야. 당연히 쉽게 잡힐 생각은 없겠지."

"그런데 왜 하필 나야?"

오광훈의 질문에 강진환이 피곤한 얼굴로 눈을 문질렀다.

"지금 한국에서 제일 유명한 검사가 누구 같습니까?"

"어, 주광민?"

"아니, 그 사람은 정치 검사구요. 그리고 애초에 검찰총장이니 일반 검사로 볼 수는 없죠."

주광민. 정치 검사로, 대통령을 대신해서 칼을 휘두르고 있는 인간이다.

'그러고 보니 홍안수도 처리해야 하는데.'

홍안수 생각에 노형진은 한숨이 푹 나왔다.

이 시간에도 홍안수가 정보를 빼돌리고 있을 테니까.

"정치적 부분이 아니라 검사로서의 스타성에 있어서는 오광훈 검사를 이길 사람이 없지요."

"그래서요?"

"그래서 그놈이 오 검사를 콕 집은 겁니다."

검사들 사이에서도 특출하기로 유명한 오광훈이다.

그러니 그를 꺾으면 자신이 검찰보다, 그리고 그중에서도 가장 유명한 오광훈보다 더 똑똑하다는 증명을 하게 되는 셈이다.

'진짜 오광훈에 대해 알았다면 땅을 치면서 대성통곡을 하겠지만.'

중요한 건 스타 검사 프로젝트 덕분에 오광훈은 천재적이고 정의로운 검사로 알려져 있다는 거다.

"그래서 나한테 그 종이를 보낸 겁니까?"

"맞습니다. 아마도 계속 접촉해 올 겁니다."

그 방법은 아마도 동일하지는 않을 것이다.

똑같은 방법을 쓰다가는 걸릴 가능성이 높으니까.

"그러면 그 종이를 추적하는 건 힘든가요?"

"힘들 거야."

노형진은 고개를 흔들었다.

도전형 연쇄살인범은 똑똑하다. 하지만 이놈은 다른 사람들보다 훨씬 똑똑하다.

"역시 미드처럼 잡지를 오리면 추적이 불가능한 건가?"

"아니, 그건 반대고."

"반대라고?"

"사실 드라마나 영화에서 그런 장면이 나오는 이유는 도리어 그게 추적하기 쉽기 때문이야."

"추적이 쉽다고?"

"그래."

"하지만 경찰은 추적 못하던데?"

"경찰이 바보냐, 범죄자들에게 밑천 다 드러내게?"

영화나 드라마에서 나오는 수사 방식에는 사실 진짜 수사 방식의 20%도 포함되어 있지 않다.

진짜 수사 방식을 그 안에 넣으면 범죄자가 알게 되기 때문이다.

"가령 네가 말한 그 잡지를 오려서 보내는 거 말이야, 그거 추적 못할 것 같지?"

"그걸 어떻게 추적해?"

"사실 그게 제일 빨리 추적될걸."

"응? 어째서?"

"요즘 세상에 공짜가 어디 있어?"

"공짜?"

"폰트 말이야, 폰트."

요즘 사용되는 폰트는, 특히 잡지나 신문 등에서 사용되는 모든 폰트들은 당연히 그 저작권자가 따로 있는 창작물로 분류된다.

그 말은, 폰트를 쓰려면 그 저작권자에게 돈을 줘야 한다는 거다. 안 줄 수가 없다.

"그러니 조금만 조사하면 그 폰트사가 어딘지 나와."

그다음은 일사천리다.

폰트사에 전화해서 그 폰트의 사용처를 확인하고, 그중에서 사건 당시, 그 주변에서 책을 판매한 잡지사를 골라 특정하면 된다.

"그런다고 잡혀? 책이 어디 한두 권도 아니고."

"너 말이다."

"응?"

"가장 마지막으로 잡지 산 게 언제야? 그리고 뭐 샀어?"

"어…… 음…… 매…… 맥심? 한…… 여섯 달 된 것 같은데……."

왠지 떨리는 목소리로 말하는 오광훈.

"그래, 맥심, 여섯 달 전. 근데 요즘 잡지가 잘나가냐? 요즘 잡지 발행 부수가 뭐 몇십만이냐, 몇백만이냐?"

"아하!"

한 지역에서 그 잡지의 구매자를 특정하는 건 어렵지 않다.

현실적으로 지금은 옛날처럼 잡지가 그렇게 많이 유통되지 않기 때문이다.

대부분의 정보는 다 인터넷으로 얻는 시대이니까.

"너한테 택배가 왔잖아? 그러면 주변에 그 잡지를 판매한 가게를 털어 내기 시작하겠지. 그리고 그 안에서 CCTV를 찾거나 주변 CCTV를 뒤질 거야. 그러면 의심스러운 사람이 안 뜰까?"

"아……."

사람들에게 알려지지 않았을 뿐, 경찰이 제대로 수사하려고 하면 현실적으로 범죄자가 한 지역에서 벗어나는 것은 불가능에 가깝다.

"그러면 이건 뭐야?"

자신에게 날아온 '게임을 시작하자.'라는 편지.

그리고 동일하게 남아 있는 현장의 편지.

이건 말이 안 된다.

그는 똑똑한 놈이라고 했다.

그런데 그런 놈이 철자도 못 맞춘다?

"아마도 아이에게 시켰겠지요."

"아이요?"

글자를 확인한 강진환이 착잡한 목소리로 말했다.

"글자의 패턴도 그렇고 오타도 그렇고, 일반인이 썼다고 볼 수는 없는 글입니다. 너무 악필이거든요."

즉, 이제 막 한글을 배우는 아이가 연필을 꽉 잡고 글씨를 쓸 때에나 나올 법한 문체라는 거다.

"일단 글자 자체도 그렇습니다. 요즘 같은 시대에 게임을 '개임'이라고 쓸 사람이 있겠습니까? 하지만 아이는 들리는 대로 써 버리니까……."

그러니 게임이 개임이 될 수도 있다.

한글을 이제 막 배운 애들이 귀에 들리는 대로 쓴 글.

"그런데 한국에 그런 애들이 어디 한두 명이야?"

아이를 특정하는 것은 불가능하다.

설사 찾아낸다고 해도, 그 아이가 그 문장을 쓰라고 한 사람을 기억하지 못할 가능성이 높다.

그 나이대의 아이들이라면 초콜릿 하나에 써 주고 잊어 먹을 일일 테니까.

"더군다나 그렇게 나이가 어린 아이들은 증언 능력이 없습니다. 누군가를 특정한다고 해도 그 아이가 하는 말을 증언으로 인정하지 않지요."

"와, 그러면 그놈은 추적도 못하고, 설사 한다고 해도 못 잡는다는 건가요?"

"그렇게 되는 거지요."

삐뚤빼뚤 오타를 내면서 갓 한글을 받아쓰는 수준의 어린 아이인 이상 사람에 대해 기억하기도 힘들 테니 추적도 힘들다.

"문제는 이런 걸 대부분의 사람들은 모른다는 거지."

노형진은 심각하게 받아들였다.

이런 정보를 아는 사람은 법조계에서 일하는 사람들 중에서도 아주 한정적인 이들뿐이다.

심지어 변호사조차도 이런 걸 다 아는 게 아니다.

변호사들이 받아 드는 것은 결과뿐이다.

"그러면 법률 쪽 근무자?"

"그건 또 아닌 것 같단 말이지."

"응? 왜?"

"그쪽 근무자치고는 방식이 너무 지저분합니다."

그런 이들의 도전 방식은 사건을 은폐하거나 조작하는 데 있다.

쉽게 말해서 법무 법인 청계처럼 완벽한 범죄를 설계함으로써 자신의 우월성을 드러내려고 하는 성향이 강하다.

"그런데 이놈은 그게 아니라는 거죠."

살인이라는 직접적 방법을 선택했다.

그 말은, 내부인은 아니라는 거다.

"다시 말해서 법조인도 아닌 사람이 위험하다고 판단해서 추적될 만한 걸 배제한 건데, 그 정도면 상당한 지능을 가지고 있다는 거지."

범죄자들은 일반인보다 멍청하다고들 하지만 이 정도면 일반인보다 훨씬 똑똑할 거다.

"박사나 뭐 그런 거?"

"그럴지도 모릅니다."

아직 모든 조사가 끝난 건 아니다.

그런 만큼 완벽한 프로파일이 나온 게 아니지만, 단순히 상황만으로도 무척이나 위험한 타입의 범죄자로 분류되고 있었다.

"일단 자료가 다 넘어오면 제대로 확인해 봐야겠지
만……."

강진환은 다크서클이 완전히 턱 아래까지 내려온 듯한 얼
굴로 말했다.

"시간이 오래 남아 있을 것 같지는 않군요."

노형진도 오광훈도 아무 말 없이 그저 사진만 바라볼 뿐이
었다.

"변호사가 왜 온 겁니까?"

수사를 시작하는 회의실.

경찰들의 얼굴에는 불만이 가득했다.

수사가 진행되자 오광훈도 참가하게 되었다. 일단 범인이
도발한 것이 오광훈이니 배제할 수는 없었다.

그러나 동행한 변호사인 노형진은 환영받지 못했다.

몇몇 경찰들이 불만에 차서 노형진을 노려봤다.

"노 변호사님은 피해자 측 변호사입니다."

"아니, 그러니까 왜 여기에 참석하냐고요?"

적대적인 시선을 보내는 경찰들.

하긴 경찰들 입장에서는 변호사가 수사에 끼어드는 것 자
체가 자신들을 감시하는 것처럼 느껴질 테니까.

"당연히 경찰들이 제대로 일하나 확인하러 왔지요."

"뭐요? 우리를 뭐로 보고!"

"글쎄요. 배신자? 마약 판매상?"

몇몇 사람들이 욱하는 표정이 되었다.

"제가 틀린 말 했나요?"

몇몇이 이를 뿌드득 갈았다.

하지만 부정할 수는 없었다.

실제로 마약을 빼돌려서 팔다가 걸리기도 했고, 그 과정에서 동료를 죽이기도 했으니까.

"입 좀 닥쳐라. 제대로 일도 안 하면서 문제만 일으키지 말고."

"부장님!"

"닝기미. 이번 사건도 제대로 해결 못해서 또 모가지 날아갈래? 정신 안 차려? 가족들 모가지가 걸려서 벌벌 떨던 게 뭐, 한 10만 년쯤 지났냐?"

부장은 눈을 부라리며 말했다.

사법 시스템에 대한 도전. 경찰과 검찰 그리고 법관의 가족에 대한 무차별적인 살인.

"그 사건이 있은 지 얼마 되지도 않았어. 그리고 이번 사건도 같은 유의 도전이고. 테러는 아니지만 도전은 도전이야. 자기 가족 목숨이 걸린 게 아니니까 일 편하게 하고 싶어? 그럴 거면 나가서 치킨이나 튀겨, 이 새끼들아."

이것이 법이다

부장의 말에 노형진을 도발하던 몇몇이 조용히 입을 다물었다. 틀린 말이 아니니까.

"미안합니다, 노 변호사."

"별말씀을요."

부장이 노형진에게 이렇게 좋게 대하는 것은 노형진 덕분에 그의 가족이 대룡에서 만든 사법계, 경찰 가족들을 위한 안전 아파트인 세이프 하우스에 입주할 수 있었기 때문이다.

"진행하지요."

강진환은 피곤한 눈을 비비면서 자신의 프로파일 결과를 이야기했다.

"범인은 30대에서 40대 사이의 성인일 겁니다. 직장은 고정적이지 않을 테고, 자산이 어느 정도 되는 유복한 집안일 가능성이 높습니다. 학업의 수준은 아주 높을 겁니다. 최소한 석사급 이상은 될 테고 박사급일 수도 있습니다."

"닝기미, 그건 나도 하겠네."

"박 형사, 아가리 좀 닥쳐라."

다시 입을 다무는 박 형사.

강진환은 그 장면에서 피식 웃더니 다시 이야기를 시작했다. 한두 번 당한 게 아닌 듯했다.

"그러나 이렇게 높은 학력에도 불구하고 그는 미취업자로 남아 있을 가능성이 높습니다. 그는 이번 사건으로 오광훈 검사에게 공개적으로 도전했습니다. 그는 주변에 대해 두려움을 느끼는 성향은 아닐 테고, 주변에서는 그를 자신만만하다고 판단할 가능성이 높습니다."

"으음……."

"많은 연쇄살인범이 그렇듯이 현실적으로 그는 자신의 신분을 잘 감추고 있을 겁니다. 피해자와 연관성은 없을 것이며……."

"아니, 말도 안 돼. 피해자와 연관성이 없다고?"

"네, 없습니다. 그는 추적을 막기 위해 막 글을 배우는 아이를 이용해서 편지를 쓰게 만들었습니다. 그런 인간이라면 희생자로 연관성이 있는 사람을 선택하지는 않습니다."

"그러면 운동을 잘하는 놈인가?"

"그것도 아닐 겁니다."

희생자는 노끈으로 목이 졸려서 죽었다.

아무리 어리다고 하지만 저항도 안 하고 죽지는 않을 것이다.

"만일 몸을 잘 쓰는 타입이라면 격투 흔적이라도 남았을 겁니다. 그런데 그렇지 않았다는 건, 알려지지 않은 다른 방식으로 피해자를 제압했다는 거지요."

"그러면 그걸 추정할 방법은?"

"현재로써는 없습니다."

부검 결과 격투의 흔적도 없고 약물의 흔적도 없다.

위압당했을 수도 있지만, 최후의 순간까지 저항하지 않았을 가능성은 낮다.

"그러면 행동반경은요?"

"그 부분이 문제입니다. 지능을 기준 삼아 판단해 보면 그가 가장 먼저 주의했을 부분은 행동반경이었을 겁니다. 즉, 그는 피해자를 완전히 랜덤하게 골랐다고 봐야 합니다."

"그러면 그 피해자 주변을 털어 봐야 개털이다?"

"그럴 겁니다."

물론 피해자의 동선 같은 걸 추적해서 따라다니거나 하는 사람을 찾아볼 수는 있겠지만, 가능성은 낮아 보였다.

"피해자는 시골 학교의 학생입니다. 주변에 비교 대상도 많지 않은 곳이지요. 그런 곳에서 피해자를 골랐다는 것은 다른 요소, 즉 자신의 안전이 우선이었다는 걸 의미합니다."

"CCTV를 피하겠다?"

"그럴 가능성이 높지요."

실제로 시체가 버려진 현장에도 CCTV는 없었다.

"더군다나 시체를 버린 방법 또한 여전히 오리무중입니다."

아무리 현장에 CCTV가 없다고 해도 사람들이 오가는 길에는 있다.

당연히 경찰은 벌써 그걸 탈탈 털었다.

하지만 움직이는 속도와 시간을 계산하면 시체를 내리고 누군가에게 발견될 수 있도록 꾸미는 시간이 나오지 않는다.

그리고 시골이라 그 시간에 그곳을 돌아다니는 차량 자체도 많지 않기 때문에 이미 확인이 끝난 상황.

"즉, 범인은 차량이 아닌 다른 것을 이용해 시신을 옮겨 두고 흔적을 남기지 않은 채 떠났다는 걸 의미합니다."

"미치겠네. 헬기로 떨군 것도 아닐 테고."

경찰들은 질색했다.

보통 사건을 추적하는 건 동선 확인에서부터 시작되는데 아무리 봐도 동선이 안 나왔기 때문이다.

"그러면 사람이 직접 들고 옮겼다거나?"

"그 부분도 감안했습니다만, 신체에서 다른 유전적 성분은 나오지 않았습니다."

시신을 짊어지고 논과 밭을 지나가 버리고 가려면 어마어마한 땀이 흐를 수밖에 없다. 그래서 땀이라도 묻어 있기를 바랐지만 그런 건 없었다.

"그리고 이놈은 필연적으로 다시 살인을 저지를 겁니다. 검찰과 오광훈 검사에 대한 도전을 목적으로 하는 일입니다. 그런 만큼 아마 근 시일 내에 다시 살인을 저지를 가능성이 높습니다."

"지금 피해자가 사망한 지 얼마나 지났지요?"

"이제 나흘 지났습니다."

"그러면 다음 희생자를 물색하고 있을지도 모르겠네요."

노형진의 말에 강진환은 고개를 끄덕거렸다.

"다만 언제 드러날지는 모르겠습니다."

다음 살인까지의 기간은 개인의 취향에 따라 천차만별이다.

성격이 급하면 빨리 일어날 테고, 아니라면 천천히 일어날 테고.

"일단은 피해자가 어디로 움직였는지, 평소에 만나는 사람이 있는지 등등을 확인해 보고……."

막 부장이 조사를 명하는 그때, 문을 열고 한 사람이 들어왔다.

"강 순경? 무슨 일이야?"

"부장님, 잠시만."

그렇게 말한 강 순경은 부장에게 다가와 속닥거렸다.

그리고 곧 부장의 얼굴이 사정없이 일그러졌다.

"방금 오광훈 검사의 집에 또 편지가 왔답니다."

"편지요?"

요즘 같은 시대에 편지 같은 걸 주고받는 경우는 드물다.

"이게 내용인데……."

당연히 오광훈의 집 앞을 지키고 있던 경찰들이 편지를 당장 들고 왔는데, 편지 속 내용은 심상치 않았다.

격투 게임에서나 볼 만한 단어인 '라운드 2'.

그리고 그 아래에 붙어 있는, 어두운 회색빛 공간에서 눈이 가려진 채로 의자에 묶여 있는 건장한 체격의 남자의 사진. 그 주변에 보이는 것은 오로지 회색의 콘크리트뿐이었다.

"이게 왔다고요?"

"그리고…….."

강 순경은 부장에게 가지고 온 USB를 건네주었다.

부장은 그걸 컴퓨터에 꽂고 내부를 살폈다. USB 안에는 음원 파일이 하나 저장되어 있었다.

부장은 그 파일을 더블클릭 했다.

–제발……! 아악……! 누구든 제발 살려 주세요! 아악……! 죽기 싫어! 엄마! 나 죽기 싫어요! 제발…… 누구든 시키는 대로 할게요! 엄마, 엄마……!

처절한 비명 소리. 그리고 함께 들리는 물이 차오르는 소리.

그 소리를 들은 사람들은 그대로 얼어붙어서 꼼짝도 하지 못했다.

–살려 주세요…… 컥…… 컥컥…… 살려…….

물이 끝까지 차올랐는지 컥컥하는 고통스러운 숨소리가 들리고 침묵이 찾아왔다.

이제 스피커에서 흘러나오는 건 물이 찰랑거리는 소리뿐이었다.

플레이 시간은 15분.

범인이 이번에는 사람을 익사시킨 것이다.

"미친……."

누군가의 중얼거림에 노형진은 자신도 모르게 고개를 끄덕거렸다.

"한 가지는 확실하네."

노형진은 오광훈의 사무실에서 얼굴을 문지르며 말했다.

"이놈은 검찰에 원한을 가진 게 있어."

"안 그러면 이러겠냐?"

오광훈은 질렸다는 듯 말했다.

범인이 우편물을 보낸 곳은 이곳만이 아니었다.

그는 이 우편물을 방송국에도 보냈다. 그 결과, 살려 달라는 비명은 방송국을 통해 전국으로 퍼져 나갔다.

당연히 검찰과 경찰 그리고 오광훈은 가루가 되도록 까이기 시작했다.

"도대체 왜 이런 짓을 하는 거지?"

"말했잖아, 사법 시스템에 대한 도전이라고. 단순히 자신이 우월하다는 것을 알려 주는 것만이 아니라, 사법 시스템이 자신을 잡아서 욕먹는 걸 원하고 있는 것 같다."

"그러니까 쉽게 말해서 배알이 꼴린다?"

"뭐, 정확한 표현이네."

사람이 죽는 걸 거의 생중계한 수준이니 사법계, 특히 경찰과 검찰에 대한 분노는 하늘을 찌르고 있었다.

"진짜 똑똑한 놈이야. 그건 널 고른 이유만 봐도 알 수 있어."

"그건 또 뭔 소리야?"

"만일 이게 너라는 존재를 빼고 퍼졌다면 어떻게 됐을 것 같아?"

오광훈은 떨떠름한 표정으로 생각에 잠겼다.

"그, 글쎄……."

"간단해. 경찰이 가루가 됐겠지."

기본적으로 검찰이 수사를 지휘하지만 그걸 진행하는 건 경찰이다.

범인을 못 잡으면 당연히 경찰이 가루가 되도록 까인다.

지금까지 계속 그래 왔고 앞으로도 그럴 거다.

그러나 정작 검찰은 그다지 욕먹지 않는다.

사람들 생각에는 검찰은 기소하는 곳이지 경찰처럼 직접 움직이는 이미지는 아니니까.

"하지만 널 엮음으로써 이야기가 달라졌지."

검사 한 명이 직접 관련됨으로써 검찰 자체가 무능한 집단이 되어 버린 것이다.

"아, 씨발. 그러니까 왜 나냐고."

"네가 유명하니까."

"닝기미. 검사 짓 못 해 먹겠네."

툴툴거리는 오광훈.

노형진은 그런 그에게 진지하게 말했다.

"일단 급한 대로 자연이는 다른 곳으로 보내자. 경호원도 붙이고. 두 명 정도."

"여기서 또 자연이는 왜 튀어나와?"

"상대방을 농락할 때 그 무능을 증명할 수 있는 가장 좋은 방법이 뭐겠어?"

순간 오광훈의 얼굴이 굳어졌다.

가장 좋은 방법은 다름 아닌 농락 대상에게 가장 소중한 것을 없애는 것이다.

가장 소중한 무언가조차도 지키지 못하는 무능함.

"더군다나 그런 경우는 그 무능함을 증명하기 위해서라도 최대한 고통스럽게 죽이려고 할 가능성이 높아."

그러니 그걸 막기 위해서라도 백자연은 안전한 곳으로 피신시켜야 한다.

"망할…… 도대체 어떻게 된 거야, 이놈은?"

"모르지. 지독한 사이코패스인 건 알겠는데."

한 사람이 천천히 죽어 가는 소리를 그대로 녹음해서 틀어 준다?

정상적인 사람이라면 절대로 생각도 못 할 짓이다.

그런데 그걸 아주 잘했다.

"문제는, 이 정도 증거가 있음에도 불구하고 아직도 시체를 못 찾았다는 거지."

사진 속에 있는 사람의 신분은 금방 알아냈다.

방송국에서 희생자의 모습이라고 바로 방송해 버렸으니까.

"멍청한 방송국 놈들."

그 덕분에 충격으로 피해자의 아버지는 심장마비로 급사하고 어머니는 자살했다는 게 문제지만.

"생각이 있는 거야, 없는 거야?"

아무리 특종이라지만 자기 자식이 죽는 걸 생방송으로 들은 부모의 심정은 전혀 생각하지 않은 행동이었다.

"무슨…… 대해적 시대도 아니고 대사이코패스 시대냐?"

최소한의 언론인의 양심이라도 있었다면 이런 일은 일어나지 않았을 것이다.

그런데 언론은 이슈를 선점할 수 있다는 욕심에 다 틀어버렸다.

"그리고 그걸 잘 이용할 줄 알고?"

"그래."

피해자는 물속에서 죽었는데 그게 어디인지 알 수가 없다.

사실 사진만 봐서는 장소가 어딘지 알 수가 없다. 그는 콘크리트로 된 저수조에 묶여 있었으니까.

사방이 모두 콘크리트뿐이니 특정할 수 있을 리가 없다.

"더군다나 사진도 디지털카메라로 찍은 게 아니야."

즉석카메라로 찍은 거라 위치 정보 같은 건 들어 있지 않았다.

"일단은 이 사람을 찾는 데서부터 시작하자."

"후우, 자연한테 경호원부터 보내고."

그러면서 슬쩍 노형진을 바라보는 오광훈.

노형진은 안다는 듯 손을 흔들었다.

경호 비용을 내주겠다는 거다.

잠깐 통화를 마치고 온 오광훈은 노형진 맞은편의 자기 자리에 앉아서 지금까지와는 다른 진지한 얼굴을 했다.

"일단……."

노형진은 텅 비어 있는 저수조를 바라보면서 말했다.

"이곳의 규모부터 알아봐야지."

"어떻게?"

"이걸 계산할 수 있는 사람을 찾아야지. 그 사람이 계산해 낸다면, 어쩌면 특정할 수 있을지도 몰라."

"진짜 불편하군요."

한국대학교 공학과 교수와 수학과 교수는 사진과 보고 음성을 들으면서 몸서리쳤다.

"저도 이 뉴스를 방송으로 봤습니다. 너무 끔찍해서 그날 밤은 도무지 잠이 안 오더군요."

"나도 마찬가지입니다. 그날은 가족들과 함께 같은 방에서 잤다니까요."

"죄송합니다, 안 좋은 기억을 불러일으켜서."

"아닙니다. 이런 미친놈은 빨리 잡아야지요. 이거야, 원."

여전히 경찰은 범인을 잡겠다고 저수조란 저수조는 다 뒤지고 있었다.

그러나 노형진에게는 그것보다는 좀 더 확실하게 추적할 방법이 있었다.

"저는 여러분이 이 저수조의 수량과 물이 공급되는 정도를 판단해 주시기를 바랍니다."

"공급되는 물의 양이라……."

"네. 가능할까요?"

"가능할 겁니다."

저수조라는 공간은 빛이 전혀 없는 곳이다.

당연히 사진을 찍기 위해서는 어둠을 밝혀야 하고, 그래서 플래시가 터졌다.

그 덕분에 벽까지의 대략적인 거리가 계산된 상황.

범인이 피해자를 가운데에 두고 사진을 찍은 덕분에 그 규모를 대충 알 수 있었다.

"거기에다 피해자는 움직이지 못하게 고정되어서 묶여 있는 상황이지요."

그리고 그 상황에서 물이 들어가서 익사하는 데 걸린 시간은 대략 15분.

공간의 규모를 알 수 있다면 당연히 분당 수량을 알 수 있다.

"분당 수량이라……. 그걸 안다고 위치를 알 수 있을까요?"

분명 경찰에게 없는 정보지만 그걸 가지고 위치를 특정할 수는 없다.

"물론 그것만 가지고는 부족할지도 모릅니다. 하지만 걸린 시간이 문제죠."

"걸린 시간?"

"네. 고작 15분 만에 저수조가 찼습니다. 물론 아주 끝까지 찬 건 아니지만요."

일반적으로 저수조의 깊이는 대략 4미터 정도다.

피해자가 의자에 묶인 채 앉아 있었으니 피해자 머리 위까지를 대략 1미터로 잡는다면 15분 만에 1미터까지는 가득 찬다는 계산이 나온다.

"그 정도 수량을 감당할 수 있는 곳은 많지 않을 겁니다."

애초에 저수조라는 게 물을 보관하기 위해 만들어지는 곳이다.

그런데 일반적으로 저수조는 사람들이 생각하는 것과 달리 일상에서 사용하기 위한 물을 보관하지는 않는다.

"저런 사이즈의 저수조는 아무래도 사용보다는 홍수 방지지."

식수용 저수조는 1년에 2회 이상 청소하는 게 의무화되어 있는 데다가 그 자체가 보관용이라 상시 물로 차 있는 경우가 대부분이다.

하지만 저런 완전 콘크리트로 만들어진 저수조는 그런 식수 보관에 부적합하다.

"그건 보통 빗물 보관용이니까."

비가 많이 오면 하수도 처리 능력이 부족해지는 경우가 있다.

그런 경우 저수조는 빗물을 보관했다가 비가 그친 후에 하수도를 통해 흘려보낸다.

쉽게 말해서 저수조의 주요 목적은 홍수 통제에 있다.

그리고 홍수 통제가 목적이라면, 반드시 전제되어야 하는 조건이 하나 있다.

"비어 있어야 하니…… 그렇군. 그런 곳은 많지 않을 테니까."

평소에 비어 있어야 비가 많이 왔을 때 그곳에 물을 채울 수 있으니까.

"그리고 저 정도 물을 채우는 것은 한 사람이 감당할 수 없지요."

수도를 틀어서 저 정도의 공간을 채운다?

그건 말도 안 되는 소리다.

저만한 공간을 채울 수 있는 수도 라인 자체가 저런 곳에는 연결되어 있지 않다.

"비?"

"네. 제가 찾고자 하는 게 그겁니다."

저 정도 공간을 물로 채우는 방법은 단 하나, 바로 비뿐이다.

"최근에 비가 온 곳 중에서 계산해 드린 곳의 규모를 추정해 문의해 보면 그 장소가 나오겠군요."

"그건 어렵지 않겠군. 좋아요, 금방 계산해 드리도록 하죠."

교수들은 고개를 끄덕거렸고, 노형진은 안도의 한숨을 내쉬었다.

⚖

"여기라고?"

"그래."

"여기는 도심이잖아."

"애초에 저수조가 필요한 건 도심이야."

일반적으로 밭이 있으면 빗물은 내리는 즉시 흡수되어 사라진다.

하지만 도심은 대부분이 포장되어 있기 때문에 빗물을 처리하기 위한 하수관이 필수고, 그것만으로 감당되지 않으면 저수조를 쓰는 것이다.

"그리고 계산한 수량에 맞는 저수조는 이곳뿐이고."

선두에 앞장서서 걸어가는 공무원은 침을 꿀꺽 삼켰다.

"여기가 방수문인데요."

거대한 방수문을 열고 들어가는 세 사람.

제법 거대한 공간이 그들의 눈앞에 나타났다.

"물은 어느 쪽으로 빠집니까?"

피해자는 의자에 고정되어 있었지만 그 의자도 고정된 건 아니었다.

그 말은, 물이 가득 차오른 후에 피해자의 시체가 물에 휩쓸려서 빨려 나갔을 거라는 뜻이다.

당연히 그쪽은 물이 빠지는 쪽일 테고 말이다.

그리고 저수조에는 하수도가 막히는 걸 막기 위한 거름망이 있다.

"어…… 물은 저쪽으로 갑니다만."

이것이 법이다

공무원은 한쪽을 가리키면서 말하다가 슬쩍 노형진과 오광훈을 바라보았다.

"저기…… 두 분이서 가실 수 있죠?"

"가기 싫으신가요?"

"그게…… 하하하…… 아무래도 물에 빠져서 죽은 시체는 좀……."

시체라는 게 아무래도 사람의 공포를 자극할 수밖에 없다.

더군다나 물에 빠져서 퉁퉁 분 시체인 만큼 부패되었다면 보기에 끔찍할 것이다.

"뭐, 그 정도는 저희가 알아서 하도록 하지요."

노형진은 오광훈과 함께 공무원이 가리킨 방향으로 향했다.

그리고 얼마 가지 않아 어둠 속에서 손전등에 걸리는 뭔가를 발견할 수 있었다.

이리저리 구겨진 의자.

그리고 그곳에 있는 묶여 있는 끈과, 창백하게 보이는 피해자의 다리.

"하아."

예상은 했지만 애석하게도 그는 살아남지 못했다.

"나가자."

노형진은 눈을 찡그리며 말했다.

"경찰을 불러야지. 그리고……."

"그리고?"

"이번 건은 네가 발견한 걸로 해라."

"뭐? 어째서?"

오광훈은 말도 안 된다는 표정이 되었다.

자신은 한 게 없다. 그런데 왜 자신이 발견한 걸로 한단 말인가?

"이 미친놈은 게임을 하는 거야. 그냥 두면 사방팔방에 문제를 터트릴 거다. 차라리 그놈이 한쪽에 집중하게 하는 게 문제의 요소가 적어져."

"그러면 사람을 안 죽일까?"

"그럴 것 같지는 않지만, 그놈이 누군가를 미워하게 될수록 실수도 하게 되겠지."

그리고 그때에야 비로소 잡을 수 있을 거라고, 노형진은 생각했다.

⚖

지하에서는 핸드폰이 터지지 않기 때문에 오광훈은 밖으로 나오자마자 경찰과 구급차를 불렀고, 저수조 주위에는 순식간에 기자들과 경찰들이 깔렸다.

"자료는 없습니까?"

시신이 수습되는 사이 노형진은 오광훈과 함께 그곳에 남아 있는 정보를 확인했다.

"그게, 입구에 CCTV가 한 대 있긴 한데 고장 나서요."

"고장?"

"네. 고장 나서 그걸 추적할 방법이 없습니다."

"염병."

욕하는 오광훈.

그리고 한숨으로 자신의 감정을 표현하는 노형진.

"이놈…… 똑똑해. 엄청 똑똑해."

"뭐? 왜? 재수가 없는 거 아냐?"

"아닐걸. 분명 그걸 고장 낸 건 그놈이야."

사람을 여기로 끌고 오기 전 분명 그 CCTV를 고장 냈을 것이다.

"CCTV가 고장 나면 담당자가 확인하러 오잖아?"

"그렇지."

당연한 거다, 그런 용도의 CCTV니까.

문제는 그 이후다.

현장에 와서 보니 CCTV가 고장 났다.

그래서 확인해 보니 부서졌다. 그럼 고쳐야 한다.

그런데 그걸 현장에서 고칠까?

"그럴 리가 없지."

공무원 조직이라는 건 뻔하다.

일단 파손된 걸 보고하고 수리를 신청해 예산을 받고 수리

요청서를 보내면 수리 작업이 시작된다.

빨라도 일주일, 늦으면 몇 달이나 걸린다.

"거기에다 이렇게 사람이 없는 곳은 우선순위에서도 밀려."

사람도 없고 훔칠 것도 없다.

그러니 문제가 생겨도 딱히 서둘 필요도 없는 곳이다.

당장 CCTV가 박살 난 게 2주 전인데 아직도 수리가 안 되었다는 게 그 증거다.

"그러니 그사이에는 안전한 거지."

만일 당일에 와서 박살 냈다면 당연히 위험해졌겠지만, 이미 박살 나서 뒤처리가 진행 중이라면 누구도 여기에 신경 쓰지 않을 테니까.

"잠깐만. 2주 전이면 첫 번째 살인이 일어나기도 전 아냐?"

오광훈은 질린 표정으로 말했다.

첫 번째 살인을 하기도 전에 여기를 부숴 놨다?

그 말은 이 모든 살인이 계획되어 있다는 거다.

그리고 계획되어 있는 살인은 진짜 막기 힘들어진다. 그만큼 공을 들일 테고, 당연히 그걸 감추기 위해 노력할 테니까.

"그렇겠지."

노형진은 고개를 돌려 지하에서 올라오는 시신을 바라보았다.

"무조건 빨리 잡아야 해. 그러지 않으면 다음에는 엄청나게 비극적인 사건이 될 거야."

⚖️

경찰이 그렇게 노력했는데도 찾지 못하던 시신을, 검사 한
명이 지혜로 찾아냈다.

그런 소문을 내는 것은 어려운 일이 아니었다.

당연히 무능한 경찰보다 오광훈이 낫다는 이야기가 파다
하게 퍼졌다.

그게 노형진의 계획이기는 했지만, 그렇다고 해서 이 미친
놈이 살인을 멈춘 건 아니었다.

2주가 지나고 그놈이 도망갔나 하는 생각이 들 때쯤, 세
번째 피해자가 나타났다.

이번에는 우편물이 오광훈의 집이 아니라 검사 사무실로
왔다.

─저는…… 안지유라고 합니다. 두 아이의 엄마이고…… 사는 곳
은……. 여보, 미안해……. 우리 애들을 부탁해…….

듣고 있던 오광훈은 스피커를 껐다.

그 뒤에 이어질 처절한 비명을 들을 자신이 없었다.

그리고 분을 못 참고 자신의 명패를 책상에 휘둘렀다.

"이런 씨바아알!"

박살 난 명패 조각이 사방으로 흩어지고 충격으로 손이 찢어졌는지 피가 흘렀지만, 오광훈은 통증보다는 분노로 손을 부들부들 떨었다.

"이 새끼 뭐야! 이 새끼 뭐냐고! 도대체 우리한테 얼마나 큰 원한이 있다고 이딴 짓까지 하는 거야!"

세 번째 희생자. 두 아이를 가진 30대의 엄마였다.

그녀는 범인에 의해 화형당했다.

그것도 산 채로.

그 장면은 녹음되어서 검찰과 언론으로 넘어갔고, 언론에서도 지난번 사건 이후에 뭔가 아니다 싶었는지 바로 공개하지 않고 검찰에 연락했다.

"진정해."

"진정? 진정? 지금 진정하게 생겼어! 이게 인간으로서 할 짓이야?"

"알아. 그래서 진정하라는 거야."

노형진도 화가 난다.

너무 화가 나서, 눈앞에서 그놈이 있으면 기꺼이 자신의 두 손으로 패 죽이고 싶었다.

하지만 그래서는 안 된다.

범인은 똑똑한 놈이다.

노형진이 오광훈에게 모든 공을 돌려서 범인이 오광훈을

무너트리는 것을 막았듯이, 그 역시 이 행동을 통해 이쪽을 지배하려고 할 것이다.

"강진환 프로파일러가 그랬잖아. 이놈은 지금 우리를 통제하려고 하는 거라고. 열 받게 하려고 하는 거라고."

"도대체 왜!"

"사람은 화가 나면 실수하니까."

"그게 대수야? 실수 좀 하는 게 그렇게 대수냐고!"

"그래, 이 상황에서는 대수야."

이게 새어 나가면 여론은 말 그대로 나락으로 떨어질 것이다. 그리고 어떻게 해서든 범인을 잡으라고 어마어마한 압박이 들어올 게 뻔하다.

국민들이 그 지경인데 정치인들은 그냥 구경만 할까?

아니다. 매일같이 경찰서에 찾아와서 브리핑해라, 보고서 가지고 와라 생쇼를 하면서 왜 범인을 못 잡느냐고 몰아붙일 것이다.

"그러면 우리는 무리하게 수사를 하게 되지."

"무리한 수사?"

"우리나라에서 고문으로 죄를 만들어 내는 게 한두 번인 줄 알아? 가출 청소년에게 이백 건이 넘는 절도를 뒤집어씌운 지 채 5년도 안 되었어."

압박받은 경찰은 과거의 본성이 나올 것이다.

범인을 잡는 게 아니라 범인을 만드는 쪽으로 향할 게 뻔하다.

"그러다가 엉뚱한 사람이 죄를 뒤집어쓰면?"

애초에 그놈의 목적은 자신과 사법 시스템의 머리싸움이다.

"그놈이 승리하는 거지."

"그놈을 잡으면?"

"잡는다고 해도 구설수가 나올 거야."

당장 경찰도 분노에 차 극단적으로 반응하고 있는 와중이다.

노형진조차도 분노로 손이 파르르 떨리고 있는 상황이다. 그런데 하물며 경찰은 어떨까?

아마 폭행이 동반되는 건 어찌 보면 당연한 일이다.

실제로 의심스럽다는 이유로 강제 연행하는 과정에서 폭행 사건이 터진 게 바로 어젯밤이다.

피해자의 실종지 근처에서 수상해 보인다는 이유로 불심검문을 했는데 남자가 이에 불응하자 경찰이 무차별적으로 폭행한 것이다.

그런데 조사 결과, 그는 사건과 아무런 관련도 없는 사람이었다.

애초에 불심검문은 강제성이 없다. 말 그대로 협조를 요청하는 거다.

그런데 경찰은 신분증을 두고 왔다는 말에 강제로 현장에서 구속하려고 하다가 저항하자 구타한 것이다.

그만큼 경찰은 현재 상황을 예민하게 받아들이고 있었다.

"그러면 범인은 이렇게 말하는 거지. 나는 죄가 없는데 경찰의 폭행과 고문에 의해 없는 죄를 인정했다."

"뭐?"

"그리고 그것도 그놈의 승리야."

"증거를 찾으면 되잖아!"

"이 정도로 꼬리를 잘 마는 놈이야. 증거를 남길 것 같아? 장담하건대, 진짜 이 잡듯이 뒤진다고 해도 증거를 찾아내는 건 어려운 일일 거야. 그리고 경찰이 빡쳐서 증거를 만들어 낸다? 그럼 그놈은 경찰이 고문으로 만들어 낸 가련한 피해자가 될 뿐이지."

"망할 개새끼."

"그래, 너무 개새끼야. 그리고 지독하고."

노형진은 오랜 시간 변호사 생활을 해 왔다.

그런데 이놈은 어마어마하게 똑똑하다.

이 정도로 똑똑한 놈은 본 적이 없다.

심지어 검사나 판사, 변호사 출신 범죄자들도 이 정도로 능숙하지는 않다.

'프로파일러 출신이라고 해도 이 정도는 아니었어.'

지식층이라고 생각해서 경찰은 석사 이상의 모든 전과자들에 대한 전수조사까지 했다.

하지만 특이점은 없었다.

그 말은, 그놈이 가진 원한은 그놈만의 원한이며 이쪽 기록에는 남아 있지 않다는 거다.

이런 사건이면 더더욱 추적이 힘들다.

"다른 사람도 많잖아! 왜…… 하필 애엄마냐고!"

"사람들의 여론이 어떻게 움직일지 아는 거야."

사람은 남자가 죽는 것보다 여자가 죽는 것에, 혼자인 사람이 죽는 것보다 가족이 있는 사람이 죽는 것에 더 큰 충격을 느낀다.

"그리고 그럴수록 사람들은 경찰이나 검찰을 더더욱 욕하게 되지. 저번에는 네가 어떻게 시신을 찾았다지만, 이번 사건으로 다시 욕하는 사람들이 늘어날 거야."

노형진은 걱정스럽게 말했다.

"강진환 프로파일러도 말했지만 이놈에게는 가학성도 있고."

"가학성?"

"그래."

불에 타 죽는 것은 지독히도 고통스럽다고 한다.

인간이 느낄 수 있는 고통 중에서 최고 등급의 고통 중 하나가 바로 불에 타 죽는 거다.

"이놈이 그걸 모를까?"

눈앞에서 사람이 죽어 가면서 비명을 지른다.

그런데 그걸 녹음한다.

"아무리 사람들에게 분노를 일으키기 위한 방법이라지만, 이건 선을 넘은 행동이야."

두 아이의 어머니라는 점에서 이미 사람들의 분노를 충분히 일으킬 수 있다.

그런데 범인은 그걸 넘어서 그녀가 당한 고통까지, 사람들이 알기를 원했다.

"아마도 고통받기를 원하는 사람은 단순히 검찰이나 경찰은 아닐 거야."

행동을 봐서는 반사회적 성향, 즉 사이코패스의 성향이 강하다. 그리고 그가 궁극적으로 미워하는 것은 사회일 가능성이 높다.

"그런 놈이니 이게 막힐 것도 예상하겠지."

처음에는 언론이 멋모르고 틀어 줬지만 이번에는 아무리 언론이라 해도 또다시 그럴 리가 없다.

"그러니 당연히 외부에 공개할 방법을 찾을 거야."

"언론이 아니라?"

"그래. 놈은 이런 게 사방에 알려지기를 원하지. 문제는 언론에서 알려 줄 리가 없다는 거고."

"그러면 남은 건 인터넷뿐이군."

노형진은 고개를 끄덕거렸다.

남은 것은 오로지 인터넷뿐이다.

문제는, 현실적으로 인터넷에 뿌리면 순식간에 범인이 특정된다는 것이다.

　우편물 같은 경우는 우체통을 이용해도 되지만, 업로드하는 것은 필연적으로 IP를 남길 수밖에 없다.

　"물론 IP를 우회할 수는 있지만."

　어쭙잖게 IP를 우회한다고 해 봐야 경찰에 걸리는 것은 순식간일 것이다.

　그러니 IP 우회같이 뻔한 짓은 못 한다.

　"이놈을 잡을 수는 있는 거야?"

　"잡을 수 있어."

　노형진은 고개를 끄덕거렸다.

　"어떻게 해서든 잡을 거야."

　그의 눈빛이 살벌하게 번뜩이고 있었다.

⚖️

　"일단 범인은 수사에 대해 상당히 많이 조사했습니다. 우리가 범죄 시기를 통해 범인의 특성을 추정한다는 것도 알고 있지요."

　강진환은 수사관들을 모아 두고 진지하게 설명하고 있었다.

　수사관들의 눈은 벌겋게 변해 있었다.

이번에는 범인이 도를 넘었기 때문이다.

"원래 이런 유의 범인은 일정 기간을 정해서 움직이는 성향이 있습니다. 일종의 발정 같은 거죠. 점점 살인에 대한 충동이 강해지는. 하지만 이놈은 그렇지 않습니다. 첫 번째와 두 번째는 거의 동시에 이루어졌지만 세 번째는 2주의 텀이 있지요."

"그러면 이 미친놈에게 살인 충동은 없다는 거요?"

"아니요. 그런 놈이었다면 살인은, 그것도 이렇게 잔인한 살인은 안 합니다."

"그러면?"

"인내심이 무척이나 강하다는 걸 의미하지요."

살인범이, 그것도 살인 충동에 휩싸인 놈이 그것을 이겨 내는 것은 절대 쉬운 일이 아니다.

머릿속이 오로지 저 인간을 어떻게 죽일까, 어떻게 죽여야 최대한 고통스러워할까 같은 생각으로 가득한 게 살인마들이다.

"그리고 그건 프로파일에서 상당히 중요한 지표입니다."

프로파일이 집단 지성인 이유가 있다.

범인은 자신이 흔적을 남기지 않는다고 생각할지 모르지만 반대로 그 자체가 증거가 되기도 한다.

바로 지금처럼.

"가장 간절한 욕구를 이겨 낸다는 것, 그건 반대로 말하면 그놈이 사회적으로 상당히 고위직일 가능성이 높다는 것을 뜻합니다."

"고위직?"

"그렇습니다."

"단순히 인내심이 강하다는 이유로?"

"단순히 인내심이 강하다는 문제가 아닙니다."

인내심은 뭔가를 이룩해 낼 때 가장 중요한 요소 중 하나다.

큰일은 빨리빨리 하는 것으로 해결되지 않는다. 그저 속도를 높인다고 충분한 결과를 낼 수 있는 일은 많지 않다.

"그리고 인내심은 사회적으로 성공한 사람들의 기본적 소양입니다. 형사분들도 아실 겁니다. 범죄자들은 대부분 기본적으로 인내심이 없습니다."

그건 대부분의 범죄자의 공통점이다.

폭력 사범은 욱하는 성향이 있고, 사기꾼은 빨리 돈 벌고 싶어 한다. 열심히 그리고 부지런히 돈을 번다는 건 그들에게는 힘든 일이다.

"뭔가를 하기 위해서는 인내심이 필요하니까요."

"으음, 그래서 이자가 상당한 고위직이다?"

"그렇습니다."

살인마들은 그 살인 충동을 마약중독에 비유한다.

한동안 살인을 하지 않으면 머릿속이 그에 대한 생각으로 꽉 찬다는 것이다.

"그런데 지금까지 잡히지도 않은 데다 심지어 2주 동안이나 참았죠."

그 말은, 그는 원하는 대로 얼마든지 욕망을 통제할 수 있는 자라는 뜻이다.

"젠장, 그러면 더 곤란하잖아."

지금 수사도 막혀 있는데 사회 지도층이라고 하면 무슨 명분으로 조사한단 말인가?

"저는 좀 다르게 생각합니다."

강진환은 발끈하는 형사들을 진정시켰다.

"그는 인내심이 강해서 위로 올라갔습니다. 하지만 그걸 이제는 잃어버렸을 가능성이 높습니다."

"그걸 잃어버렸다?"

"네. 인내심이 강하다는 건 사소한 걸로 우리에게 화내지는 않는다는 거니까요."

즉, 그가 경찰과 검찰에게 분노하고 있다는 것은 그 인내심을 넘을 정도로 심각하게 화가 났다는 것이다.

"그걸 추적하는 건 너무 애매한데."

"그러니까. 아니, 막말로 우리가 엿 먹인 놈들이 한둘도 아니고……."

경찰이 잡아넣은 범인이 수백만 단위인데 그들을 모두 감시할 수는 없다.

"그래서 제가 새로운 정보를 가지고 왔지요."

"새로운 정보?"

그 순간 문이 열리면서 노형진이 회의실로 들어왔다.

"노 변호사님?"

"오랜만입니다, 강 프로파일러. 회의 중에 난입해서 죄송합니다."

"아닙니다. 노 변호사님의 도움이라면 언제든 환영이지요. 그런데 어쩐 일이십니까?"

"여러분들에게 새로운 정보를 드리기 위해 왔지요."

노형진의 말에 모두의 시선이 그에게로 향했다.

"정보?"

"그 미친놈에 대한 개인 정보라도 알아냈다는 말입니까?"

"아니요. 애석하게도 그러지는 못했습니다."

그런 거라면 당장 가서 잡아 왔을 것이다.

하지만 아직 그럴 수는 없었다.

"하지만 인터넷에 녹음 파일이 올라온 걸 확인했습니다."

"뭐요?"

"설마! 이번 녹음 파일이 새어 나간 거요?"

얼굴이 핼쑥해지는 경찰들.

사람이 산 채로 타 죽었으니 그 충격이 어마어마할 수밖에 없다.

"언론에서 공개한 건 아닙니다."

"그러면요?"

"직접 인터넷을 이용했지요."

그리고 인터넷은 해당 파일의 정보 코드를 알고 있으면 검색이 가능하다. 그걸 가지고 리벤지 포르노를 차단하는 회사가 있으니까.

물론 쉬운 일이 아니었지만, 노형진은 이럴 때를 대비해서 몇 곳과 계약했다.

"좀 전에 인터넷에 올라온 걸 찾았습니다."

모두의 시선이 굳어졌다.

"그러면? IP는 찾았습니까?"

"아니요. 애석하게도 IP는 특정하지 못했습니다. 마지막 추적 결과는 프랑스더군요."

"큭."

"빌어먹을."

당연히 프랑스에서 그걸 올렸을 리는 없으니 IP를 우회해서 프랑스인 척했다는 거다.

"추적은 불가능합니까?"

"애석하게도요. 아주 전문가의 솜씨더군요."

"그러면 무슨 의미가 있단 말입니까?"

노형진은 미소 지었다.

물론 아무 의미 없는 거 아니냐고 할 수도 있다. 하지만 관점을 달리하면 사건의 새로운 일면이 보이는 법이다.

"그게 의미하는 건 하나뿐이거든요."

"뭔데요?"

"그놈이 추적을 뿌리칠 정도로 컴퓨터에 능한 놈이거나, 그게 가능할 정도의 조직이나 범죄자와 선이 닿아 있거나."

"어?"

다들 멍한 표정으로 노형진을 바라보았다.

노형진이 그게 퍼질 줄 몰라서 기다렸을까?

아니다. 올라오기를 기다린 것이다.

"전자는 많지 않지요. 그리고 전자라면, 우리 프로파일에 맞지 않습니다."

강진환이 고개를 끄덕거렸다.

"맞습니다. 현실적으로 아무리 천재라고 해도 모든 걸 다 할 수는 없지요. 우리가 분석한 프로파일에 의하면 그놈은 사람의 심리에 능합니다. 하지만 프로그램의 추적 방지에 대한 지식과는 관련이 없지요."

쉽게 말해서 범인에게는 프로그래밍과 관련된 지식이 부족하다는 뜻이다.

더군다나 파일을 올리기 위해서는 필연적으로 그걸 들어야 한다.

불법적인 파일을 올려 주는 놈들은 넘치고 넘치지만, 이런 비명이 넘치는 잔인한 살인 현장을 올려 줄 만큼 뻔뻔한 놈이 얼마나 될까?

"그러면 충분히 시작점이 되겠지요?"

노형진이 준 정보는 단순히 파일이 올라왔다는 것이 아니다.

경찰이라면 그런 일을 할 만한 놈들의 정보를 가지고 있기 마련이다.

게다가 이미 이수종이 그런 정보를 모으고 있다.

그가 경찰보다 다크 웹에 더 익숙한 만큼 관련 정보를 찾기 쉬우니까.

"그놈이 사람들을 흔들기 위해 파일을 올릴 거라고 예상은 했지요."

만일 그냥 자기 혼자서 게임을 하는 놈이라면 불가능하겠지만, 그놈은 두 번째 사건부터 언론에 제보하면서 적극적으로 범행을 알리기 위해 노력했다.

"그런데 그 방법이 막히면 다른 방법을 쓸 거라는 거군요."

"맞습니다."

강진환의 말에 노형진은 고개를 끄덕거렸다.

"이 정도면 충분히 해볼 만한 게임 아닙니까?"

경찰들의 눈에서 이글이글 불이 뿜어지기 시작했다.

악마의 플레이어

"미친 새끼."

네 번째 피해자가 발생했다.

이번에는 유치원생이었다.

피해 아동은 사나운 도사견에 물어뜯겨서 죽었다.

"젠장! 잡을 수 있을 거라며!"

"그래. 하지만 한국에 있을 거라 생각했지."

노형진이 실수한 부분은 그놈이 외국어 능통자일 거라는 걸 감안하지 못한 것이다.

추적에 성공하기는 했다.

그런데 그 범인이 문제였다.

이미 미국에서도 수배 대상이었고, 인터폴에서도 적색 수

배자로 되어 있었다.

이름은 알 툴라즈. 돈만 되면 뭐든 하는 IS의 일원이었다.

쉽게 말해서 그놈을 잡을 방법 자체가 없다는 거다.

그놈이 있는 곳은 현재 전쟁이 한창인 이라크라는 소리니까.

"지독한 놈이야. 이런 식으로 미리미리 준비하는 놈일 줄은 몰랐어."

아마도 범인이 알 툴라즈를 고른 것은 세 가지 이유에서일 것이다.

한국이 그를 잡을 수 없다는 것.

그리고 한국어를 모르는 놈이라, 여기서 무슨 일이 벌어지는지도 모를 거라는 것.

마지막으로 IS 자체가 자체적으로 참수하는 미친놈들이니 파일에서 비명이 터지든 뭘 하든 눈도 깜짝하지 않았을 거라는 것.

"돈은? 돈의 흐름이라도 추적할 수 있는 거 아니야?"

"이미 확인해 봤어. 하지만 의심스러운 내역은 없어. 아마도 다른 명의나 비트코인으로 거래되었을 가능성이 높아."

비트코인은 암호화의 정도가 높기 때문에 추적할 방법이 현실적으로 없다.

"문제는 이런 걸 준비하는 게 순식간에 되는 일이 아니라는 건데."

노형진은 소름이 돋았다.

이 정도로 자신을 감추고 방어하면서도 IS와 손잡는다?

'이 모든 걸 예측했다고?'

노형진의 회귀 전과 회귀 후를 통틀어도 이런 놈은 없었다.

지능형 범죄자라고 생각은 했지만 이 정도라면 천재의 반열에 들어가야 한다.

'오광훈이 사건이 벌어지면 나에게 도움을 요청할 걸 감안했을 가능성이 높아.'

물론 그건 말로는 쉽다. 노형진과 오광훈의 친분을 알고 같이 사건을 해결한 걸 알고 있는 사람이라면 충분히 예측할 수 있었을 것이다.

하지만 그걸 알 수 있는 범죄자가 얼마나 될까?

상위 0.1%도 하기 힘든 일이다.

더군다나 그러기 위해서는 노형진과 오광훈 그리고 검찰의 관계에 대해 알아야 한다.

'그게 가능하다고?'

그 관계는 널리 알려져 있지 않다.

지금이야 검찰이 오광훈과 함께 수사하는 걸 슬쩍 묵인해 주고 있다지만, 얼마 전까지만 해도 상당히 싫어했으니까.

더군다나 검찰의 입장도 있기 때문에 이러한 협조 사실은 외부에 드러내지 않고 있다.

'설마…… 검찰 내부? 아니야, 그런 것치고는 너무 말이 안 돼.'

더군다나 검찰은 명예 운운하면서 남에게 도움받는 걸 꺼린다.

적이나 마찬가지인 의뢰인 측 변호사의 도움을 받는다는 건, 검찰이 미치지 않고서야 공개하지 않는다.

당연히 스타 검사 프로젝트도 외부에 새론이 밀어주고 있다는 건 최대한 감추는 중이다.

'어떻게 그걸 알았지?'

물론 아예 기밀로 한 건 아니니까 알아내려고 한다면 알아낼 수는 있다. 그러나 그걸 알아낸 시점에서 이미 그는 일반인의 범주에서 벗어난다.

"이 아이는 누굴까?"

하지만 거기까지 생각하지 못하는 오광훈은 착잡한 얼굴로 아이에게서 눈을 떼지 못했다.

누군가에게는 소중한 아들이었을 테고 한 가족의 보물이었을 아이.

그 아이가 맹견에게 물어뜯겨 죽는 모습은 비참하기 그지없었다.

"도대체 누구이기에……."

너무 어이가 없어서 말이 안 나오는 오광훈.

이미 피해자는 네 명이다.

그런데 어떤 공통점도 없다.

사는 곳도 다르고 직업도, 나이도, 성별도 각각이다.

완전 랜덤하게 피해자를 고르는 상황.

"오 검사님."

오광훈의 사무실로, 강진환이 피골이 상접한 얼굴로 들어왔다.

그는 거의 주저앉다시피 의자에 앉았다.

"자료가 없나요?"

"애석하게도요. 과학수사 팀에서 어떤 증거도 없다고 하네요. 종이도 흔하게 볼 수 있는 것이고, 볼펜도 그렇고."

피로한 얼굴을 벅벅 문지르는 강진환.

"이미 경찰이 고학력 범죄자들을 싹 털었어요. 하지만 그럴 만한 놈이 없어요."

이 정도로 원한을 품은 걸 보면, 검찰이 가족이라도 죽인 걸까?

그건 아닐 것 같다.

"하아…… 어젯밤에…… 뉴스 들으셨지요?"

"뉴스?"

"검찰총장이 책임지고 물러나기로 했습니다."

"검찰총장이요?"

"네. 어린아이까지 죽은 상황이니……."

원래는 없었던 일이다.

원래 역사에서 검찰총장이 잘리기 위해서는 좀 더 기다려야 한다. 나중에 내각을 교체할 때 잘린다.

'응? 잠깐, 원래 없었던 일?'

노형진은 문득 드는 생각이 있었다.

원래는 없었던 이번 사건.

반대로 말하면, 없었던 일로 인한 일종의 반작용이라는 거다.

'없었던 일…….'

노형진은 머리를 부여잡았다.

그는 이미 많은 걸 바꿨다.

그런데 그중에 아주 지능이 높은 사람이 검찰과 엮여서 인생이 망할 일이 얼마나 될까?

'물론 적은 건 아니지만…….'

하지만 노형진은 한번 일하게 되면 확실하게 처리한다.

즉, 누군가를 처벌하기 위해 물어뜯기 시작하는 경우 어쭙잖게 살려 두지 않는다. 어떻게 해서든 감옥에 보낸다.

"잠깐만, 제가 생각을 좀 해 보도록 하지요."

"뭐? 야! 어디 가?"

"어디 가십니까, 노 변호사님?"

"생각을 좀 정리해야 할 것 같아서요."

노형진은 진지한 얼굴로 말했다.

중앙에 저울 문양

"변한 게 너무 많기는 하지만……."

노형진은 자신이 직접 감옥에 보낸 자들은 뺐다.

그리고 감옥에 가지 않은 사람들 중에서 상위 1%의 지능을 가진 사람이 할 만한 일을 골랐다.

그런 다음 집단의식에 익숙한 사람도 함께 골랐다.

원한은 검찰과 경찰에 집중되어 있지만, 반대로 국민에게도 공포감과 원한을 가지고 있다.

'검찰에 대한 도전. 그리고 일반인에 대한 분노.'

그래서 필요 이상으로 잔인하게 사람들을 죽이고 있는 상황.

과연 무차별적인 다수에게 살인 의지를 품은, 천재적 지능을 가진 사람이 누가 있을까?

너무나 곤란한 질문이다.

하지만 노형진은 오랜 고민 끝에 의심스러운 사람을 찾을 수 있었다.

"하진욱."

오광훈과 직접적으로 연관이 있으며 검찰로 인해 인생이 박살 났다.

물론 그의 인생이 박살 나서 아예 시궁창으로 처박힌 건 아니다. 하지만 어떤 기준을 적용하면 그는 인생이 박살 난 것 맞다.

"하진욱이…… 벌금 400만 원이었지?"

노형진은 그의 얼굴을 보면서 눈을 묘하게 떴다.

"하진욱?"

"그래. 기억나?"

"대충은 기억나. 자기가 누군지 아느냐면서 거품 물던 그 국회의원 나리 아니야?"

현행법상 선출직 공무원, 즉 국회의원은 선거법 위반이나 정치자금법 위반으로 100만 원 이상의 벌금을 받으면 국회의원직이 상실된다.

그리고 하진욱은 그런 정치자금법 위반으로 벌금 400만 원을 선고받고 국회의원직을 박탈당했다.

원래 역사에서는 그런 일이 없었다.

하지만 그에게 버림받은 비서관이 노형진이 만든 정보길드에 정보를 팔았고, 그 일이 오광훈에게 넘어가서 그가 본보기 차원으로 조사했던 사건이다.

하진욱은 모 기업에서 불법 정치자금 2억을 받고, 그걸 이용해서 선거에서 승리했다.

무려 3선 의원이었으니 비서관이 정보길드에 정보를 팔지만 않았어도 장기적으로는 더 큰 정치를 할 수 있었을 것이다.

그러나 오광훈에게 임기 초반에 걸려 버려 그 자리는 초임 의원이 차지했다.

당연히 어떻게 해서든 정치판으로 돌아오기 위해 하진욱은 몸부림쳤지만, 선거법 위반 전적이 있는 그가 다시 정치를 할 방법은 없었다.

"그 사건으로 인해 하진욱은 인생이 망가졌지."

물론 그가 다른 사람들처럼 완전 거지가 되거나 길거리로 나앉은 것은 아니다.

하지만 하진욱은 정치인으로 살기 위해 평생을 노력했다.

당연히 제대로 된 직장 생활을 한 적도 없었고 또 자기가 가진 회사도 없었다.

정치인은 막대한 월급을 받는다. 거기에다가 적지 않은 뇌물도 들어온다.

그런데 그 모든 것이 한순간에 날아간 것이다.

3선 의원이니 연금이야 나오겠지만 기존의 씀씀이를 감당할 수는 없을 것이다.

더군다나 선거를 위해 적지 않은 빚을 진 상황에서 바로 걸려서 해직당하는 바람에 그 빚을 갚기 위해 재산을 처분해야 했다.

국회의원 선거에는 적지 않은 돈이 들어가는데, 끈 떨어진

연 신세인 하진욱을 위해 그 돈을 갚아 줄 사람은 없었다.

"너무 억측 아니야?"

"억측이면 좋겠지만, 지금 저놈은 국민들의 반응을 제대로 예측하고 그걸 이용해 먹고 있어."

"그래서?"

"국민들의 감정에 대해 가장 첨예하게 공부하고 가장 예민하게 반응하는 사람이 누굴까?"

"하지만 그걸 가지고……."

"나도 그것만 가지고 하진욱을 의심하지는 않아."

노형진은 자신이 조사한 자료를 내밀었다.

"하진욱의 프로필이야."

"어…… 음…… 이게…… 뭐라고 읽는 거냐……? 프……프……."

"프리에스턴대학 심리학과 박사 출신이다."

"프리에스턴, 그래. 그런데 뭐? 그게 뭐 중요해?"

"프리에스턴대학은 한국에 잘 알려지지 않았을 뿐이지 상위 1%만 갈 수 있는 대학이야. 그리고 미국이 아니라 영국에 있는 대학이지."

한국에 많이 알려진 대학은 보통 미국 대학이다.

현실적으로 미국이 한국에 많은 영향을 주는 것이 사실이고, 미국 내 졸업장을 많이 인정하는 것도 사실이다.

"여기는 뭐가 유명한데?"

"철학과 심리학."

"뭐야, 그게?"

"'뭐야, 그게?'라고 할 곳이 아니야. 그쪽에 관해서는 진짜 상위 1%만 들어가는 대학이라고."

그리고 그런 문제 때문에 대한민국에는 거의 알려져 있지 않았다.

일단 한국에서 철학과 심리학은 굶어 죽기에 딱 좋다는 이미지가 강한 학문이다.

철학은 말할 것도 없고, 심리학은 그나마 정신과 치료를 할 수 있는 의사나 되어야 인정받는다.

"그런데 그건 의학의 영역이거든."

그렇다 보니 한국에는 프리에스턴대학에 대한 정보가 거의 없다.

유학을 보내는 부모들이 원하지 않는 학문으로 유명한 곳이니 당연히 유학 전문 업체들도 딱히 준비하지 않고.

"하지만 심리학, 그리고 집단심리학에 관해서는 세계적인 석학들이 즐비하지."

그리고 심리학은 아주 어려운 학문이다.

인간의 내면을 보고 그 안에서 뭔가를 읽어 내는 것은 무척이나 난이도가 높은 작업 중 하나다.

오죽하면 과거의 역사를 보면 철학자들이 수학 쪽에서 많은 업적을 남긴 걸 알 수 있다.

당장 수학에 장족의 발전을 이루어 낸 데카르트나 라이프
니츠 같은 경우는 애초에 철학자였다.
　　데카르트는 충격량의 개념을 알아냈고 해석기하학의 창시
자였으며, 라이프니츠 같은 경우는 미적분학의 창시자이기
도 했다.
　　"철학이 그렇게 어려워?"
　　"아예 차원이 다르다니까. 뭐, 철학이랍시고 무슨 허공에
뜬구름 잡는 이상한 놈들만 봐서 그러는 모양인데."
　　제대로 된 철학자라면 사실 사법시험조차도 우스울 정도
의 지능지수를 자랑한다.
　　"근데 왜 사법시험을 안 보고?"
　　"인간의 범죄와 인지 부조화에 대한 생각을 하느라고 머리
아픈데 문제가 머리에 들어오겠냐?"
　　노형진이 하진욱을 범인으로 의심하는 것은 자신에 대한
냉철한 판단이 있었기에 가능했다.
　　잘난 사람일수록 자신보다 잘난 사람이 있다는 걸 받아들
이기 힘들다. 그러나 노형진은 반대로 그 점을 인정하고 자
신보다 더 지능지수가 높을 가능성이 큰 사람들을 집중적으
로 뒤진 것이다.
　　"프리에스턴대학의 심리학과는 심지어 다른 나라의 교수
들조차도 다시 공부하기 위해 입학한다고 알려진 곳이야. 그
러니 그곳 출신이라면 멍청할 수가 없지."

노형진의 두뇌를 넘어서는 범인은 현실적으로 그리 많을 수가 없다.

　"그리고 너를 지정한 게 이상했거든."

　"그게 왜?"

　"강진환 프로파일러가 그랬잖아. 검찰과, 너와 싸우려고 한다고."

　분명 오광훈은 검사이고 이름이 널리 알려진 사람이기도 하다. 그러니 게임의 대상이 될 수 있다.

　"그런데 말이지, 진짜로 검찰을 엮으려고 한다면 사실 검찰총장이나 지검장을 엮는 게 더 효과적이야."

　"네가 나한테 도전하는 거라고 했잖아."

　"그래. 그런데 다시 생각해 보니 내가 착각한 거야."

　"착각?"

　"그래. 미국에서 이런 스타일의 범죄자가 있었거든."

　유명한 검사나 수사관에게 도전함으로써 자신의 우월성을 증명하려고 하는 놈들이 있다.

　노형진은 그 부분을 생각하고 누군가가 오광훈에게 도전하는 거라 추측했다.

　"하지만 그 목적에 이런 잔혹성은 어울리지 않아."

　그런 범죄의 개념에서 피해자는 게임을 위한 하나의 도구다. 즉, 수사관이 자신을 추적하게 해 주기 위한 도구로 사용될 뿐이다.

"바로 그 부분에서 내가 착각한 거지."

"어떤 면에서?"

"그런 타입의 범죄자는 자기의 시그니처가 명확해."

목을 졸라서 죽인다거나 특정 살해 방법을 선택한다거나 비슷한 상황에서 죽인다거나, 하다못해 일정한 시간을 두고 주기적으로 살인을 한다.

"즉, 도전성 범죄자라면 자신의 사건임을 상대방이 확실하게 인식할 수 있는 방법을 선택해. 그래야 게임임을 인식하거든."

그런데 이 사건에서 오광훈에게 도전적인 모습을 보이기는 하지만 그 외의 다른 것은 전혀 그렇지 않다.

"그 말은, 단순한 게임은 아니라는 거지."

오광훈을 놀리면서 자신이 검찰이나 경찰, 오광훈보다 우수하다는 걸 증명하는 게 목적은 아니라는 거다.

"그래서 중심을 바꿔서 생각했지. 피해자나 네가 아니라, 검찰과 경찰을 제대로 압박하는 게 목적이라고."

목적이 바뀌면 시선도 바뀌기 마련이다.

그리고 그제야 그동안 맞지 않던 몇 가지가 맞아떨어졌다.

"그래, 알겠어. 하진욱이 나를 아주 죽이고 싶어 한다는 것도 알겠고, 또 검찰에 원한이 있다는 것도 알겠고, 그 새끼가 머리 좋은 것도 알겠어. 그런데 증거가 그것만은 아니지?"

"당연하지."

노형진은 고개를 끄덕거렸다.

"하진욱의 원래 지역구가 어디인지 알아?"

"설마······?"

"맞아. 하진욱의 원래 지역구는 그 저수조가 있는 곳이었어."

하진욱은 3선 의원이었고, 그 저수조를 만든 시기를 보면 그가 1선 의원이던 때와 정확하게 맞아떨어진다.

"생각해 보면 내가 그 부분도 깜빡한 거지."

사실 사람들이 잘 모를 뿐이지 대부분의 대도시에는 지하 저수조가 있다.

홍수 방지를 위해서라도 그건 어쩔 수 없는 문제다.

당연히 그걸 만드는 사람이 있기 마련이다.

"하지만 그 지하 저수조에 접근하거나 그 존재를 아는 사람은 드물어."

아예 저수조가 있는 입구조차도 대부분의 사람들은 모른다.

"그런데 범인은 정확하게 CCTV를 부수고 찾아 들어갔지."

즉, 그곳에 대해 알고 있었다는 뜻이다.

물론 우연히 발견했을 수도 있지만, 그렇게 우연히 알게 된 시설을 이용해서 살인까지 한다?

"방향을 잘못 잡았어. 그 저수조를 알 수 있는 사람부터 털어야 했어."

"그런가. 그러면 사람들이 쉽게 잡혀간 것도 이해가 되네."

"국회의원이잖아."

몇 번이나 방송에 나온 사람이다.

거기에다 그 자리를 잃어버린 지도 얼마 되지 않았다.

적당히 명함을 들고 다니면서 국회의원인 척하면 대부분의 사람들은 어렵지 않게 속일 수 있다.

"그런 상황에서 뭔가를 이용해 기절시키는 건 어렵지 않을 거야."

음료수에 약을 타서 먹이는 방법도 있고, 불법적으로 주사제를 구해 사용하는 방법도 있다.

"그러네."

어린아이나 여자는 몰라도 건장한 사내까지 제압해서 죽이려면 그 방법뿐이다.

"이거 강 프로파일러에게 이야기해 봤어?"

"아니, 아직 안 했어. 추정일 뿐이니까. 이제 이야기해 봐야지."

하지만 노형진의 직감은 이미 답을 말해 주고 있었다.

하진욱이 범인이라고 말이다.

"확실히 가능성은 존재합니다. 아니, 상당히 높아요. 이 정도의 지능지수를 가지고 있는 사람이 흔하지는 않을 테니."

더군다나 원인도 의심스럽다.

물론 고작 정치인 자리라고 할 수도 있겠지만, 그 자리에 올라가 봤던 사람에게는 절대 고작이 아니다.

인기가 떨어진 연예인은 그 고통을 잊기 위해 마약을 한다. 하물며 연예인은 권력도 없는데.

그런데 권력을 잃어버린 정치인의 기분은 어떨까?

"옛말에 권력은 자식하고도 안 나눈다고 했지."

그 권력을 잃어버렸다.

그런 상황에서 눈이 안 돌아갈까?

"거기에다 수많은 정치인들은 국민들을 개돼지 이하로 보는 성향이 강해."

정치인들에게 있어서 국민들은 도구이자 자신에게 권력을 줘야 하는 노예일 뿐이다.

선거철이 되면 '잘못했습니다. 한 표만 주십시오.'라고 하면서 매달리는 수많은 정치인들.

그러나 선거가 끝나고 나면 고개를 뻣뻣하게 들고, 조금 스치기라도 하면 '감히'라는 말을 외치며 온갖 보복을 하는 게 정치인들이다.

"하지만 똑똑한 놈이라며?"

"그게 문제야. 똑똑하다고 해서 인성이 좋은 건 아니거든."

권력이라는 것은 국민에게서 나온다.

그런데 하진욱은 권력을 잃어버렸다.

그렇다면 그에게 국민이란 어떤 가치가 있을 것인가?

"흠……."

하긴, 오광훈도 안다. 그는 깡패였고, 그래서 더러운 일을 숱하게 봐 왔다.

당연히 그중에는 정치적 부분도 있었다.

룸살롱을 운영할 때 가장 더럽게 노는 놈들이 바로 정치인들이었다.

당장 다른 사람들은 성 접대를 할 때도 1 대 1의 비율이라면, 정치인들은 2 대 1은 기본이고 3 대 1, 많게는 5 대 1까지 여자를 요구하는 놈들도 있었다.

"더군다나 네가 그를 잡아넣을 때 하진욱을 욕하는 사람들 엄청나게 많았거든?"

사실 국민들이 정치인을 욕하는 건 당연한 일이다.

당사자나 지지 세력 입장에서는 기분 나쁠지 모르지만, 없는 곳에서는 나라님도 욕한다고 할 만큼 권력자에 대한 민중의 분노는 너무나 당연한 일이다.

이것이 법이다

"하지만 이런 놈은 그걸 받아들이지 못하지."

결국 그 분노로 인해 이런 일을 저질렀을 가능성이 높다.

"그러면 당장이라도……."

오광훈은 자리에서 일어나려고 했다.

하지만 강진환이 그런 오광훈을 말렸다.

"진정하세요. 그랬다가는 도리어 우리가 보복한다는 소리가 나옵니다."

"씨발, 보복은 무슨 보복입니까? 의심스러운 새끼를 잡아넣는 건데."

"그가 물러났다고 해서 정치인이 아닌 건 아닙니다."

웃긴 일이지만 그래도 여전히 전화 한 통으로 사건의 수사를 망칠 수 있는 인간이 바로 하진욱이다.

"그러면 그사이에 피해자가 더 발생할 수도 있다고요. 지금 이 순간에도 그놈은 피해자를 잡아 놨을 수 있어요."

지금까지 그의 패턴을 보면 그렇다.

사람을 잡아서 시간을 좀 두고 있다가 나중에 죽인다.

그렇게 함으로써 시간과 실종의 텀을 둬서 범인을 특정하는 걸 쉽지 않게 만드는 게 패턴이었다.

"그래서 말인데, 도리어 그 점을 이용하는 건 어떨까요?"

"그 점을 이용해요?"

노형진이 다른 방법이 있다는 듯 이야기하자 강진환의 눈에 오랜만에 생기가 돌았다.

"지금 하진욱은 우리가 자신을 의심하고 있다고는 생각 못할 겁니다."

사실 지금 그를 특정한 것도 노형진이 회귀했다는 점 덕분에 가능한 거지, 현실적으로는 불가능했을 것이다.

"반대로 말하면, 우리가 조사한다는 걸 알게 될 경우 분명 엄청나게 놀라겠지요. 그러면 그는 다른 방법을 쓰게 될 겁니다. 방금 말씀하신 것처럼 전화를 통해 사건을 덮는다든가 하는 거요."

"그래서 우리가 조심하는 거 아닙니까?"

사람이 백 명 단위로 죽어도 위에서 덮으라고 하면 덮어야 하는 게 경찰과 검찰의 현실이다.

정의? 그런 건 애석하게도 권력 앞에서는 아무런 효과도 없다.

"그러니까 그 부분을 노리자는 거죠. 그놈은 분명 누군가에게 전화해서 사건을 덮으려고 할 겁니다. 그 누군가라는 건 뻔한 거 아닙니까?"

범죄자가 검찰이나 경찰에 전화해서 사건을 덮으라고 할 수는 없는 노릇이니, 당연히 자신과 한솥밥을 먹던 국회의원일 수밖에 없다.

"그런 놈들에게 우리가 먼저 접근하는 거지요."

노형진의 말을 들은 오광훈이 깜짝 놀라 물었다.

"우리가 먼저 접근해?"

"그래. 반대로 우리가 공식적으로 수사 사실을 알려 주는 거지."

"하지만 그랬다가는 도주를 돕는 결과가 될 수도 있습니다."

강진환이 걱정스러운 얼굴로 말했다.

그의 우려를 잘 아는 노형진은 고개를 끄덕거렸다.

수사 사실을 미리 알게 된 권력자가 비호를 위해 이를 범죄자에게 알려 주는 건 사실 흔하게 있는 일이다.

당장 강남경찰서 같은 곳은, 성매매를 단속하러 나간다고 하면 경찰들이 바빠진다.

단속 준비하느라?

아니다. 자신이 비호하는 업체에 전화하느라고 말이다.

"하지만 그건 공식적이지 않은 자료로 새어 나갔을 때의 이야기입니다."

그래서 '나는 몰랐다. 그런 건 들은 적이 없다.'라고 하면 경찰 입장에서는 어떻게 할 수 있는 게 없다.

"차라리 공식적으로 해당 사실을 통지하면 상황이 또 달라집니다."

"어째서?"

이해를 못 하는 오광훈과 다르게 강진환은 노형진이 무슨 말을 하는지 아는 듯한 눈치였다.

"공식적으로 준 만큼 도리어 정보를 못 준다 이거군요."

"그렇지요."

만일 정보가 새어 나가면 가장 먼저 조사 대상이 되는 것은 공식적인 정보를 제공받은 사람이 된다.

설사 걸리지 않는다고 해도, 하진욱이 잡혔을 때 그가 누군가에게 정보를 받았다는 사실이 드러나면 결국 처벌될 수밖에 없다.

현재 살인 수사의 용의자를 알리고 도움을 요청했는데 그 사실을 용의자에게 알려 주고 도피를 도와준다면 그건 단순히 방조범을 넘어간다.

어떤 면에서는 종범이 될 수도 있을 정도로 강력한 처벌이 이루어진다.

당장 방조범만 해도 인생 종 치는 건 어렵지 않은 일이다.

하물며 전 국민이 치를 떨고 있는 잔혹한 살인 사건의 방조범이라면? 그런 놈이 사회적인 생활이 가능할까?

더군다나 가족도 아니고 같은 국회의원 출신인데?

"아는 만큼 책임이 따른다 이거네."

"맞아. 정확해."

오광훈도 노형진이 뭘 말하는지 알아차렸다.

만일 하진욱이 자신을 향해 수사망이 조여진 것을 알게 되면 전화를 해서 정치인들에게 압력을 행사하게 할 수도 있지만, 정치인들이 미리 그 사실을 알고 있다면 이야기는 달라진다.

"더는 아무 힘도 없는 퇴물 정치인을 위해 자기 인생을 거는 놈은 없을 겁니다. 확실히 좋은 방법이네요."

강진환의 얼굴이 환해졌다.

분명 가능한 방법이었다.

"그러면 뭐라고 하면서 접근하지요?"

"뭐라고 하긴요. 사실대로 말해야지."

그들은 속일 게 없었다.

"뭐라고? 하진욱 의원이 이번 사건의 살인마로 의심된다고?"

"시기도 그렇고 원한도 그렇고, 가능성이 높습니다."

"말도 안 되네!"

하진욱 의원과 가장 친했던 정수헌 의원은 손사래를 치면서 부정했다.

"그건 말도 안 돼. 국회의원이 무슨 살인이야? 너무 억측이야."

오광훈은 그걸 보면서 피식 웃었다.

'정치적 의문사가 얼마나 많은지나 알고 저러는 걸까?'

물론 그걸 안다고 해도 인정할 국회의원은 없겠지만.

'뭐, 상관없나.'

노형진은 그에게 충분한 기회를 줄 뿐이다.

그리고 그걸 이용해서 하진욱을 잡을 생각이었다.

"물론 그럴 수도 있지요. 하지만 익명의 제보가 들어온 이상 일단 수사는 해야 합니다. 지금 국민들의 여론이 어떤지 아시죠?"

"으음……."

국민들 이야기가 나오자 정수헌은 불편한 얼굴이 되었다.

그럴 수밖에 없다. 그 말대로 지금 눈앞에 범인이 있다면 산 채로 두들겨 맞아서 죽을 판국이기 때문이다.

"그래서 저희로서도 어쩔 수가 없습니다. 만일 아니라면 그냥 조용히 넘어가겠지만, 조사도 안 하고 무시했다가 진짜 범인이기라도 하면……."

아마 하진욱뿐만 아니라 국회의원들 전체가 어마어마한 압력을 받게 될 게 뻔했다.

"그래서 나보고 어쩌라는 건가?"

"일단 수사가 시작되면 의원님에게 하진욱 의원의 청탁이 들어올 수도 있습니다. 정치하실 때 가장 친했던 분 아니십니까?"

"크흠, 그렇기는 하지만……."

그건 어디까지나 정치할 때의 이야기다, 지금은 왕래가 없다, 그렇게 말하고 싶은 눈치였다.

"어찌 되었건 이건 중요한 사건입니다. 만일 그런 청탁이

들어오면 정보를 제공해 주시고 해당 통화를 녹음해 주시기
바랍니다."

"녹음이라고?"

"수사 자체는 비밀리에 할 겁니다. 하지만 수사를 비밀리
에 한다고 해도 결국 귀에 들어갈 수도 있는 일이니까요."

그렇게 되면 문제가 되는 것은 단순히 수사뿐만이 아니다.

청탁을 넣는다는 것 자체가 켕기는 게 있다는 뜻인 것쯤은
누구나 추측할 수 있다.

"만일 정보를 넘겨주거나 도피를 권하시면…… 그건 범죄
에서 종범이 될 수도 있는 일입니다."

종범이라는 말까지 나오자 정수헌의 입장은 확실해졌다.

"알겠네. 내 그렇게 하도록 하지."

"감사합니다."

"감사는 무슨. 이게 다 나라를 위해 하는 일인데."

오광훈에게 그렇게 말하는 정수헌.

그 미소를 보면서 오광훈은 속으로 구역질을 간신히 삼켰
다.

⚖

"어때? 전화할까?"

"모르지."

노형진은 오광훈과 함께 하진욱에 대해 조사를 시작했다.

일단 카드 내역이나 대중교통 내역을 확인해 보았지만 그런 건 깨끗했다.

어디서 뭔가를 사 먹은 기록도 없고 뭔가를 주문한 기록도 없다.

심지어 마을 주민들 이야기를 들어 보면 집에서 두문불출하는 듯했다.

"진짜 범인 맞아? 흔적이 너무 깨끗한데."

집 밖으로 나가지도 않는데 어떻게 범죄를 저지른단 말인가?

"그건 모를 일이야."

조금 더 알고 보니 하진욱은 이혼소송 중이었다.

그 가장 큰 이유가 바로 오광훈 때문에 권력을 잃어버린 것.

자녀들은 다 성장해서 나가 사는 상황이고 아내는 별거 중이었다. 즉, 혼자서 생활한다는 소리다.

"그러면 그의 움직임을 확실하게 확인해야 하는 거 아냐? 그런데 집에만 있다며?"

"집에 있다는 게 그 사람을 봤다는 뜻은 아니지."

보통 사람이 집에 있는지 확인하는 방법은 불이 켜졌다거나 차량이 있다거나 하는 점으로 추측하는 것이다.

각박한 요즘 같은 시대에 어지간하면 남의 집에 가서 문을 열어 보고 확인하는 경우는 없다.

고독사로 사망 후 3개월이 지난 후에야 변사체로 발견되었다는 뉴스가 괜히 나오는 것이 아니다.

"즉, 그가 차량을 다른 곳에서 운영하면 사람들은 그에 대해 의심 못 한다는 거지."

"으음."

"그리고 어찌 되었건 전 국회의원이야. 살인까지 할 정도로 미친놈이라고 생각하기는 힘들지."

노형진의 말에 오광훈은 머리를 긁적거렸다.

"그러면 이제 어쩔 거야?"

"어쩌긴. 일단 들이닥치는 거지."

"뭐?"

"머리싸움에서는 진 거야. 그럴 때는 피지컬 싸움이지. 어떤 권투 선수가 이랬다지? 누구나 계획은 있다, 처맞기 전까지는."

하진욱은 똑똑한 놈이다.

그리고 지금까지 노형진을 정확하게 농락하고 있었다.

즉, 이쪽을 충분히 감안하고 계획을 짜고 있다는 소리다.

"더군다나 그는 심리학을 전공한 사람이야. 그 말은 이쪽의 심리에 대해 잘 알고 반응을 예측할 거라는 거지."

평소의 노형진이라면 어떻게 해서든 머리를 써서 그를 잡으려고 할 것이다.

"그리고 그게 하진욱이 노리는 걸 테고. 그러니 이번에는 그렇게 하면 안 돼."

그럴 때는 차라리 아예 노골적으로 들이대는 것도 좋은 방법이다.

노형진은 어지간하면 상대방에게 노골적으로 들이대지는 않는 타입이다. 특히나 이런 두뇌 싸움에서는 더더욱 말이다.

왜냐하면 그건 자신이 졌다는 걸 인정하는 꼴이니까.

그리고 하진욱은 그게 불가능하다고 생각할 것이다.

그는 천재고, 같은 천재 계열에 속하는 노형진이 패배를 자인하고 노골적으로 들이대리라고는 상상도 못 할 거다.

'하지만 나는 그런 스타일이 아니거든.'

하진욱 입장에서는 그게 패배로 인한 반작용으로 보일지 모르지만, 노형진 입장에서는 패배의 반작용이 아니라 여전히 진행 중인 싸움의 한 방법이다.

"그러니 들이닥쳐서 긴급체포 한다."

긴급체포는 범죄자로 의심되는 경우 영장 없이 체포할 수 있는 규정이다.

다만 절대적인 것은 아니라서, 법적으로 최대 스물네 시간만 체포할 수 있다.

"하지만 그 자체가 내가 나선 작전에서는 벌어진 적이 없는 일이지."

그러니 하진욱은 노형진이 여전히 수를 쓸 거라고 생각할
게 뻔하다.

"그게 맞기는 하겠지만……."

그게 무식한 수라고는 상상도 못 할 것이다.

⚖

"너, 너…… 지금 뭐 하는 거야?"

하진욱은 집에서 나오다가 오광훈에게 강제로 체포당하자
말문이 막혔다.

"당신을 세 건의 사건의 주요 용의자로 긴급체포 합니다."

"너! 내 인생을 그렇게 망치고 아직도 정신 못 차렸어? 지
금 뭐 하는 거야? 죽고 싶어!"

"죽고 싶은 건 아닌데요."

오광훈은 그렇게 말하면서 머리를 긁적거렸다.

그리고 하진욱에게 다가가서 나지막하게 말했다.

"당신 모가지 날려 버릴 때도 멀쩡했는데 지금 당신이 뭐
라고 날 날려? 이제는 힘도 없는 전직! 정치인 나부랭이가!"

"뭐? 나부랭이?"

"그래. 연금이나 처먹으면서 그냥 자빠져 있을 것이지, 왜
살인까지 해 가면서 우리한테 엿을 먹이려고 그래?"

"이놈의 새끼! 넌 내가 죽인다! 알아? 죽인다고!"

"죽여 보라니까. 아니, 국회의원일 때도 그러더니 지금도 그 소리를 하셔? 그런데 아직도 못 죽였네?"

이죽거리는 오광훈의 모습에 거의 눈깔이 돌아가는 하진욱.

"이 개새끼……."

"넌 내 눈에 걸리면 뒈지는 거야. 검사 우습게 봤지? 사람 하나 갈아 넣는 거 어렵지 않아. 몰랐나 봐?"

긴급체포 하면서도 오광훈은 하진욱을 계속 도발했다.

"내가 너는 확실하게 법의 처벌을 받게 해 줄 테니까 걱정하지 말라고."

오광훈의 도발에 하진욱은 고래고래 소리를 지르면서 끌려 나갔고, 오광훈은 시계를 힐끔 보았다.

"스물네 시간이라……."

물론 그 스물네 시간이라는 시간만 그를 잡아 둘 생각은 눈곱만큼도 없었다.

⚖️

아무리 긴급체포라고 해도 인간의 기본권을 막을 수는 없다.

현행법상으로도 체포 중에 기본권과 방어권은 인정되어야 한다.

국회의원이었던 하진욱은 그걸 모르지 않았고, 당연히 변호사를 불렀다.

그리고 그 변호사가 할 수 있는 일은 뻔했다.

"그래서 하진욱 의원이 도움을 청한다고?"

-이번 사건에서 하 의원님은 검찰의 무리한 조사를 받고 있습니다. 의원님이 도와주셔야 합니다.

"이보게나, 강 변. 도대체 왜 하 전 의원에게 살인죄가 뒤집어씌워진 건지는 모르겠지만, 이러면 곤란해."

-검찰이 무리한 수사를 해서 잡아넣으려고 하는 겁니다. 오광훈 검사는 하 의원님에게 개인적인 원한을 가지고 있는 자입니다. 없는 사실을 만들어서 체포할 수도 있습니다.

"물론 다른 거라면 이해하겠는데, 살인이야. 아무리 검사라고 해도 없는 살인을 만들어 내지는 못해."

-지금 벌어지는 일이 바로 그겁니다. 의원님이 손써 주시지 않으면 오광훈 검사가 다른 정치인들에게까지 손댈지도 모릅니다.

"으음…… 그래서 원하는 게 뭔가?"

-일단 긴급체포로 잡혀 온 상황입니다만, 의원님이 좀 힘써 주셨으면 합니다. 더 이상 하 의원님이 고통받을 수는 없지 않습니까? 사회정의를 위해서라도 말입니다.

"이런 청탁은 좀 곤란한데. 하 전 의원이 부탁하라고 시키던가?"

－그렇습니다, 의원님. 사회정의를 위해서입니다.

정수헌 의원은 긴 한숨을 내쉬었다.

"알겠네. 내 좀 알아보도록 하지."

그렇게 말하고는 전화를 끊은 정수헌 의원은 고개를 돌려서 노형진과 오광훈을 바라보았다.

"이쯤이면 될 것 같습니다."

"허, 살인이 아니라 청탁으로 잡아 두겠다니, 이건 생각도 못 했네."

"사실 살인 증거는 없으니까요."

강력한 의심을 받고 있는 것은 사실이지만 강력한 의심과 증거의 존재는 다른 문제다.

그래서 노형진이 노린 게 바로 다른 국회의원인 정수헌이다.

청탁받았다는 사실을 공개하면 하진욱의 구속영장을 새로 신청할 수 있으며, 그걸로 그를 감옥에 가두어 둘 수 있다.

"그리고 그사이에 증거를 찾을 수 있지요."

"배신하는 것 같아서 영 찝찝한데."

"배신이라고 할 수도 있겠지요."

노형진은 그런 정수헌에게 진지하게 말했다.

배신이 아니다, 정의를 위해 하는 일이라는 식의 입발림을 할 생각은 없었다.

어찌 되었건 배신이기는 하니까.

"하지만 그다음에 들어올 이득을 생각해 보십시오. 사회적인 정의를 위해 전 동료라도 용서하지 않는 단호함. 그게 얼마나 정치에 도움이 되겠습니까?"

"그건 그렇지."

"그리고 결정적으로 하진욱이 진짜로 살인범이라면? 사실상 의원님이 그놈을 잡으신 겁니다."

정수헌의 얼굴에 슬며시 미소가 떠올랐다.

노형진의 말이 맞다.

누군가가 어마어마한 분노를 국민들에게 받는다면, 반대로 그 분노의 대상을 처단한 누군가는 지지를 받게 될 것은 당연한 일.

한때 친했던 하진욱 의원이지만 제보해서 처단하고 그것이 자신의 이권이 된다면 포기할 이유는 없다.

"설사 아니라고 해도, 의원님이 손해 볼 건 없지 않습니까?"

하진욱이 정치권에 다시 들어올 가능성은 아예 없다고 봐도 무방하다.

지금까지 국회의원직을 상실했다가 돌아온 사람은 극히 드물다.

그것도 노형진과 새론이 방해하지 않을 때의 이야기고, 그쪽에서 방해하겠다고 확언한 이상 돌아오는 것은 요원한 일이 될 것이다.

"그러니 이번에는 기대하셔 될 겁니다."

노형진은 정수헌 의원을 보면서 웃으며 말했다. 그 말을 듣는 정수헌의 눈에서는 욕심이 번들거렸다.

노형진의 말대로 하진욱은 체포당했다.

그리고 그사이에 노형진은 새로운 정보를 확인할 수 있었다.

"실종자 명단이야, 최근 1개월 이내."

오광훈은 피곤한 얼굴로 눈을 문지르면서 내밀었다.

전국의 실종자는 총 서른 명이 넘지만 하진욱의 동선을 감안하여 살핀 실종자는 네 명이다.

"나머지 사람들은 상황상 실종보다는 가출로 의심되는 경우가 많아."

"역시 그렇겠네."

노형진은 실종자 명단을 살펴보다가 그중에서 한 장을 꺼내 들었다.

"아마도 다음 피해자는 이분일 거야."

"어떻게 알아?"

"하진욱은 검찰과 경찰에게 무능을 뒤집어씌움으로써 원한을 풀려고 한 놈이야. 그리고 어떤 타입을 노려야 무능함이 잘 드러나는지 알지."

첫 번째 피해자는 중학생이었다.

그리고 두 번째부터는 살인을 중계함으로써 충격을 몰고 왔고, 세 번째 피해자는 두 아이의 어머니였다.

거기에다 마지막 피해자는 유치원생으로, 점점 잔혹하게 변해 왔다.

"이 중에서 그보다 더 큰 충격을 줄 수 있는 건 이 사람뿐이야."

실종자는 30대 초반의 여성으로 임산부였다.

만삭에 가까웠고, 산책하러 간 다음에 사라졌다.

"임산부는 저항도 쉽지 않지."

몸이 무거운 것도 그렇고, 임산부들에게 최우선은 배 속의 아기다. 그러니 누군가가 위협하면 저항하기가 극도로 힘들어진다.

당장 배만 차여도 아기의 목숨이 위험해지니까.

"임산부들은 한국의 대부분의 사람들에게는 보호 대상으로 인식돼."

남자들에게는 아내일 수도 있고, 어머니들에게는 딸일 수도 있으며, 젊은 여성에게는 미래의 자신의 모습일 수도 있다.

"거기에다가 저놈은 지난번에 유치원생이라는 희생양을 골랐지."

아이들이 모든 문화권에서 보호 대상인 점을 감안하면 그보다 더 큰 충격을 줄 수 있는 피해자는 많지 않다.

"그런 면에서 임산부는 실로 적당한 희생양이지."

신생아는 웬만하면 밖에 잘 데리고 나오지도 않는다. 그리고 어디서 몰래 빼앗아 가는 것도 불가능하다.

납치가 벌어지는 순간 주변에서 사람들이 몸을 사리지 않고 막으려 들 테니까.

"하지만 임산부들은 태아의 건강을 위해서라도 정기적으로 산책을 나오니까."

그리고 이 시기에는 사람들에게 대부분 호의만 받기 마련이다. 그렇다 보니 타인에 대한 경계심도 극도로 흐려진다.

"그걸 노린 거라고?"

"그렇지 않다면 실종자 중에 뜬금없이 임산부가 있겠어?"

"허…… 망할 경찰들. 이거 흘러 나가면 개판 되겠다."

임신 8개월, 거의 만삭의 여자가 실종되었다.

그런데 경찰은 실종 신고가 들어온 후에 수사한 기록이 없다.

즉, 그녀를 찾으려고 노력도 하지 않았다.

이유는 간단했다.

그녀를 납치할 이유가 있는 사람이 없다는 거다.

단순 가출로 처리된 것은 아니지만 거의 그에 준하는 대접을 받고 있는 상황이었다.

"그리고 시기를 보면 하진욱이 잡히기 이틀 전에 사라졌어."

즉, 범죄 사이클로 보면 그녀가 피해자일 가능성이 높다.

하진욱은 피해자를 미리 잡아 두고 있다가 살인하니까.

"이놈을 흔들면 이야기할까?"

"할 리가 없지."

지금 받는 조사는 단순히 청탁 정도이지만 이걸 말하면 명백한 납치 살인이 되니까.

"그러면 어쩌지?"

"일단은……."

노형진은 피식 웃었다.

"집 주변을 이 잡듯이 뒤지자고, 후후후."

노형진이 오광훈에게 한 조언은 불법 주정차 딱지를 확인하라는 것이었다.

사실 살인 사건을 조사하는데 뜬금없이 불법 주정차 딱지는 왜 뒤져 보나 했지만, 다 이유가 있었다.

"이 차 같은데?"

불법 주차된 한 대의 1톤 트럭.

딱히 견인 구역은 아니었지만 그래도 오래 주차된 채 방치

된 경우가 많았다.

"번호 확인해 봤어?"

"번호 소유주가 전남 사람이네."

"이게 대포차일 거야."

노형진이 오광훈에게 이 지역의 불법 주정차 차량을 찾으라고 한 이유는 간단했다.

하진욱은 똑똑하니까.

"그놈이 주차장을 고를 리가 없지. 월 주차를 끊거나 하려면 자신의 신분이 드러날 테니까."

더군다나 이건 불법적으로 구입한 대포차다.

그러니 어디서 불법 주차로 걸린다고 해도 자신이 돈을 내거나 할 일은 전혀 없다.

"부숴!"

1톤 차량은 박스가 달린 박스카로 개조되어 있었다.

고정된 자물쇠를 부수고 안을 열어 보자 몇 가지 조리 도구가 있었지만 대부분은 비어 있었다.

"사람 한두 명 정도는 가두어 두고 다닐 수 있겠네."

노형진은 문을 열고 안쪽을 빼꼼 바라보면서 말했다.

"이걸로 아마 사람들을 납치했을 거야."

"그런데 이게 그 차량인 줄 어떻게 알았어?"

노형진은 골목에 들어오자마자 이 차량을 보고 이게 대포차라고 말했다. 번호도 확인하기 전에 말이다.

"당연한 거지. 이건 이동형 식당으로 개조된 차야. 즉, 영업용이라는 거지."

그리고 이런 차를 끌고 다니면서 장사하는 사람이라면 한 푼 한 푼이 아쉬운 것이 당연한 일이다.

"영업을 하면서 돈을 벌 수 있는 위치라면 모를까, 그렇지 않은 곳에 세월아 네월아 차를 세워 두고 딱지를 맞는 소상공인은 없지."

그래서 노형진은 하진욱의 집 근처에 분명 방치된 차량이 있을 거라 생각했는데, 그게 바로 이 트럭이었다.

"여기 조사를 시작하라고 하고……."

노형진과 수사 팀이 물러나기 무섭게 과학수사 팀이 차 안으로 들어갔다.

이후 노형진은 오광훈과 함께 트럭의 내비게이션을 떼어서 그걸 자신들의 차로 옮겨 붙였다.

"내비로 어디로 갔는지 찾을 수 있을 거야."

"보통은 자기 집이나 아는 곳에 사람을 가두어 두지 않나?"

"보통은 그렇지."

하지만 하진욱은 똑똑한 놈이고 어떤 관련성도 남겨 두려하지 않았다. 그런 놈이 자신과 관련이 있는 공간에 피해자를 잡아 둘까?

"그럴 리가 없지. 범인이 자신이 아는 공간을 이용하는 건

안정감 때문이야. 다른 사람은 거기를 모른다는 생각을 하는 거지. 하지만 조금만 생각해 보면, 그건 경찰이나 검찰의 수사에 가장 먼저 걸리는 짓이라고."

"그런데 영화나 드라마에서는 꼭 아는 곳에 두던데."

"전에도 말했잖아, 범죄 드라마에서 수사 기법을 흘리지는 않는다고."

이런 방법을 쓰면 드라마의 리얼리티가 높아지기야 하겠지만, 반대로 그걸 보고 범죄자들이 빈집을 아지트로 쓸 가능성이 아주 높아진다.

"그러니 절대 안 알려 주지."

그러면서 노형진은 내비게이션을 작동시켰다.

"역시나군."

노형진은 혀를 끌끌 찼다.

내비는 완벽하게 깨끗했다. 모든 이동 내역이 삭제된 상황이었다.

하진욱답다고 할까?

혹시나 차량이 특정되더라도 자신과 관련이 있을 부분은 확실하게 처리한 것이다.

"이러면 피해자를 구하는 건 그른 거 아니야?"

이미 시간이 제법 지났다.

평범한 사람도 아니고 임산부다.

시간이 길어지면 아이엄마뿐만 아니라 아이의 목숨도 위

험해지는 상황.

"걱정하지 마. 제 놈이 아무리 포맷을 해도 소용없으니까."

노형진은 이수종을 불러들였고, 이수종은 바로 노트북을 연결하여 삭제 내역을 복구하는 프로그램을 돌리기 시작했다.

"이런 타입의 내비게이션은 검색 내역 삭제를 지원하기는 하지만 복구가 불가능할 정도는 아니거든."

애초에 그러기 위해서는 물리적 대미지를 입히거나 전문 삭제 업체에 맡겨서 복구가 불가능할 때까지 하드에 정보를 뒤집어씌웠다 삭제하기를 반복해야 한다.

하지만 그건 현실적으로 불가능하다.

"주소 하나가 떴어요."

불편한 자세로 뭔가를 옮겨 적는 이수종.

"충북 장성리라는 곳이네요."

하진욱과는 어떤 관련도 없는 곳이다.

하진욱은 경남의, 시골은커녕 도심지 출신이다. 당연히 지역구도 아니고.

"위치 봐라."

노형진은 핸드폰으로 위치를 살펴보고는 혀를 내둘렀다.

산속이다.

그것도 아주 깊은 산속인지라 로드뷰는커녕 항공뷰도 제

공되지 않는 곳.

"보통 이런 곳에는 빈집이 있기 마련이지."

노형진은 주소를 받아서 오광훈에게 던졌다.

"가자."

컹컹.

노형진과 오광훈이 산속에 도착했을 때는 해가 지는 중이었다.

"염병. 날씨도 지랄 같네."

오광훈은 비옷을 입으면서 눈을 찡그렸다.

비가 오고 바람이 부는 최악의 날씨다.

더군다나 내비에 있는 최종 주소는 집 앞이 아니었다.

"독한 놈이네, 이거."

걸렸을 때를 대비해서 근처를 주소로 찍어 둔 게 뻔했다. 그곳부터 집까지 가는 길은 외우면 되니까.

"이래서는 개들도 효과가 없습니다."

어떻게 해서든 찾기 위해 경찰견을 동원하고 군견까지 동원했는데 하필이면 비가 거세게 쏟아지고 있다.

빗속에서는 냄새도 사라질 테니 개들은 거의 소용이 없을 거다.

"이제 피해자의 옷 냄새로 찾는 건 불가능하겠는데."

거의 구멍이 난 듯 빗물이 쏟아지는 하늘을 보면서 오광훈은 한탄을 하듯 말했다.

도심도 아니고 길도 제대로 없는 산속. 그곳에 있는 어딘지 모를 공간.

"아니, 생각보다 쉽게 찾을지도 모르지."

"뭐?"

노형진은 한쪽 구석을 가리켰다.

거기에서는 무서운 속도로 물이 쏟아지고 있었다.

"인간에게는 물이 필요하거든."

그리고 이런 산속에 수도가 있을 리 만무하다.

수도가 없는 곳이라면 사람은 지하수를 이용해서 생활한다.

"하지만 이런 산에서는 지하수를 퍼 올리는 게 쉽지 않아."

높이가 있는 만큼 장비가 올라가는 것도 어렵다.

애초에 도로가 없으면 현대의 지하수 장비는 올라가는 게 불가능에 가깝다.

"그러면 답은 하나지. 계곡에서 흘러나오는 자연수."

그리고 물은 길이 따로 있다.

계곡이라는 게 뭔가? 바로 물이 흐르는 골짜기다.

그런 곳은 지형이 움푹 팬 곳에 물이 모여서 자연스럽게 만들어진다.

"이렇게 비가 오는 날이면 그곳으로 물이 모여서 자연스럽게 넘쳐 나게 되지."

그래서 순식간에 물이 불어서 피해가 발생하기도 한다.

"그거랑 집이랑 뭔 관계가 있는데?"

"물을 구하기 위해서는 집이 그런 물이 흐르는 곳 가까이에 있어야 해."

실제로 사람들이 산속에서 길을 잃어버렸을 때 가장 효과적인 탈출 방법이 계곡을 찾아서 물길을 따라 내려오는 것이다.

그러면 최소한 민가는 만나며, 그게 아니더라도 대형 지류와 합류하게 되면서 그 주변 민가를 찾게 되니까.

"모두 계곡을 역으로 타고 올라갑시다. 올라가다가 지류가 나오면 소수의 숫자로 나뉘어서 계속 타고 올라가면 될 겁니다."

노형진의 지휘에 따라 계곡을 따라 산을 올라가는 사람들.

물이 합류하는 지점마다 갈라지면서 가다 보니 어느 사이엔가 함께 움직이는 이들의 숫자는 확 줄어 있었다.

"헉헉. 에이, 씨발!"

비옷을 입고 허우적거리던 오광훈은 결국 욕을 하며 벗어 버렸다.

"이게 뭐야. 차라리 없는 게 낫겠다."

"그게 나을 것 같네."

이번만큼은 노형진도 오광훈의 말에 동의했다.

비옷이라고 하나 있는 게 엄청나게 방해가 되고 있었다.

길을 따라가는 게 아니라 계곡을 따라가는 거라 길이 멀쩡하지도 않고, 나무에 걸리고 찢어져서 이미 비옷으로 역할을 할 수 있는 수준이 아니었다.

"맞아요."

어차피 비도 못 막는 비옷, 사람들은 너도나도 벗어서 던져 버리거나 찢어 버리고는 계속 기어올라 갔다.

"집이다!"

그렇게 얼마나 올라갔는지 모른다.

족히 한 시간은 넘게 올라간 그때, 오른쪽으로 집이 보였다.

계곡이 깊어지면 건너갈 방법이 없어서 양쪽으로 나뉘어서 왔는데, 다행히 집은 노형진와 오광훈 쪽에 있었다.

"올라가 봅시다."

박박 기어올라 가는 사람들.

"계십니까!"

오랫동안 텅 비어 있던 티가 나는 집.

그 집 앞에서 오광훈은 소리를 질렀다.

"소지호 씨! 계신가요! 구해 드리러 왔습니다! 검찰입니다! 하진욱은 잡혔습니다! 계시면 대답해 주세요!"

다음 순간 안쪽에서 고함이 터져 나왔다.

"여기예요!"

"이쪽이다! 문 부숴!"

오래된 집의 광, 즉 창고는 쇠사슬과 열쇠로 칭칭 동여매져 있었다.

다행히 이런 사태를 예상하고 절단기를 가지고 온 직원이 그걸 순식간에 끊어 버렸고, 사람들은 안으로 들어갔다.

"소지호 씨?"

"여기예요……. 제발 살려 주세요."

"지금 바로 모시겠습니다."

몇몇 사람들이 다급하게 그녀에게 다가갔다.

그녀는 족쇄로 벽에 고정된 나무에 몸이 고정되어 있었다.

"미친놈."

보아하니 이것도 미리 준비한 게 확실했다.

"다행입니다. 범인은 잡았어요."

경찰 한 명이 그녀를 진정시키기 시작했고, 다른 경찰들은 혹시 모를 안전에 대비해서 주변을 살폈다.

"아……."

그리고 노형진은 바닥에 젖은 흔적을 발견하고는 입술을 깨물었다.

"왜?"

"저거 봐."

"바닥이 젖었네. 비가 샌 건가? 일단 누가 나가서 새는 비라도 막아야 하나?"

노형진은 그 말을 하는 오광훈을 이 멍청한 놈이라고 말하는 듯한 시선으로 바라봤다.

비는 안 샌다. 하지만 차라리 비가 새는 게 더 나은 일이었다.

"아무래도…… 양수가 터진 것 같은데?"

"양수?"

"그래. 출산이 임박한 것 같아."

자리에 있던 모든 사람들이 얼어붙었다.

이곳에 있는 사람들은 다 남자다.

출산? 그런 건 겪어 본 적이 없는 사람들이다.

"혹시나 결혼해서 아이를 낳아 봤다, 손?"

"다 미혼인데요."

"과속했다 손?"

"다 솔로입니다."

"이 팀에는 왜 너희 같은 놈들만 모인 거야?"

"오 검사님도 솔로잖아요."

"아니지, 오 검사님은 솔로는 아니지. 다만 안 잡혀갔을 뿐."

"아, 인정."

"이 새끼들아! 지금 농담이 나와!"

오광훈은 버럭 하면서 지그시 노형진을 바라보았다.

"왜 나를 그런 시선으로 바라보냐? 난 의사가 아니야."

"야, 헬기 불러!"

한 직원이 다급하게 무전기를 들었다.

여기는 핸드폰도 안 터지는 산속이었기 때문이다.

그러고는 참담한 표정으로 고개를 돌렸다.

"악천후라 헬기가 못 뜬답니다."

"그러면 언제 가능하대?"

"그게…… 이거 태풍이라서 열네 시간은 걸릴 것 같다는데
요."

"열네 시간?"

"네, 최소요. 태풍의 이동속도가 너무 느리다고…….""

"닝기미."

오광훈은 주변을 보더니 한숨을 푹 쉬었다.

"일단 아궁이에 불 지펴. 태울 수 있는 건 다 태워. 바깥에
장작 쌓아 두는 곳이 있는지 확인하고 멀쩡한 게 있으면 안
젖게 조심해서 가지고 와. 다행히 가마솥이 있으니 물부터
데우고."

"집 안으로 들어가죠."

"여긴 오래 비어 있던 집이라 안 된다. 이런 오래된 빈집
은 아궁이에 불을 잘못 붙이면 바닥 틈으로 방 안에 가스가
들어가. 일산화탄소중독으로 훅 가기 싫으면 확인하고 들어

가야 해."

"오 검사님, 그래도 잘 아시네요? 도시 출신 아니셨어요?"

"좀 닥치고 하라는 대로 해 주지 않을래?"

아마도 지금 오광훈이 말하는 것은 그의 기억이 아니라 윤태우로서의 기억을 참고한 것일 것이다.

"그다음에는 어떻게 해야 하나요?"

"어……."

오광훈은 잠깐 고민하다가 눈을 찌푸렸다.

"힘줘?"

"뭐, 힘줘?"

멀어지는 헬기.

불행인지 다행인지, 피해자가 흙바닥에서 아이를 낳는 사태는 벌어지지 않았다.

불을 피운 후 그 옆으로 가서 방으로 가스가 새지 않는 것을 확인하고 방 안에서 시간을 보냈던 것이다.

다행히도 그사이에 아이가 나오지는 않았고, 이 장소가 태풍의눈에 들어가기 무섭게 헬기가 날아와서 피해자를 데리고 가장 가까운 병원으로 향했다.

"아…… 크흠…… 할아버지가…… 그렇게 하더라고……."

"누가 애를 낳았냐?"

"우리 집 누렁이."

노형진은 한숨이 나왔다.

이름을 보니 좋은 둘 중 하나였다.

"소였냐, 개였냐?"

"소……."

"소……. 아니다, 잘했다."

그나마 오광훈이 불을 피우고 물을 데운 뒤 방의 안전을 확인하는 절차를 거치게 했기에 망정이지, 그마저 없었다면 일이 더 커졌을지도 모른다.

"그나저나 우리는 언제 내려가냐?"

"그러게 말이다."

거의 스무 시간을 꼬박 굶은 사람들.

다시금 산 아래로 내려가야 하는 상황에 앞이 캄캄해질 뿐이었다.

"그래서 뭐래?"

"기가 막혀서 말이 안 나온다."

얼마 후 오광훈은 사건 기록을 가지고 노형진을 찾아왔다.

결국 하진욱은 자신의 죄를 인정했다.

이것이 법이다

희생자가 살아남아서 그의 얼굴을 기억하고 있었기에 벗어날 수가 없었다.

"네가 예상한 게 맞아. 자기보다 무능한 나한테 당한 게 억울했단다."

"'자기보다 무능한'이라……."

하긴, 그는 천재다.

조금만 말을 들어 보면 오광훈이 정상적인 검사가 아니라는 걸 알아차렸을 것이다.

"하긴 천재들의 오만함이 그런 거지."

무슨 영화에 나오는 것처럼 자기보다 못난 사람에게 당했다는 사실, 그게 자존심을 자극해서 미쳐 날뛰는 놈이 실제로 있었던 모양이다.

"오로지 나와 검찰 그리고 경찰의 무능을 증명하는 게 목적이었대."

"고작 그런 이유로……."

한 사람은 목 졸라 죽이고 한 사람은 익사, 한 사람은 산 채로 태워서 죽이고 한 아이는 개에 물려 죽게 했다.

"사건을 계속할수록, 그래서 경찰과 검찰이 욕먹을수록 희열이 느껴져서 통제가 불가능했다고 하더라."

"그러면 답은 나와 있네."

"그렇겠지."

분명 정신이상을 주장할 게 뻔하다.

그리고 온갖 변호사를 다 써서 풀려날 방법을 찾을 것이다.

"어쩔 거야?"

"뭐가?"

"이대로 둘 거야?"

"뭐, 보통은 이런 상황이라면 이대로 두겠지."

일이 이 정도 되면 판사가 미치지 않고서야 사형을 언도할 것이다.

하지만 대한민국은 정상적인 나라치고는 정치와 판사들의 결탁이 어마어마하게 심하다.

1심에서야 언론의 눈치가 보이니 사형이 나오겠지만 2심에서는 아마도 무기징역이 나올 것이고, 그러면 하진욱은 3심을 신청할 것이다. 그리고 3심에서는 파기환송 되어 다시 2심으로 내려올 테고.

그리고 다시 2심이 시작될 즈음이면 사람들의 머릿속에서 이 사건은 이미 잊힌 뒤일 테니, 판사와 돈이 어떻게 결탁할지는 모를 일이다.

"그걸 막아야겠지?"

"우리가 막는다고 막힐까?"

"아니, 우리가 안 막아."

"뭐?"

"이걸 막아 줄 사람은 정해져 있어. 그 사람이 알아서 해 줄 거야. 걱정하지 마."

노형진은 빙긋 웃으며 말했다.

⚖️

"이번 사건은 정부의 무능을 드러낸 사건입니다. 정신이
상자가 정치를 한다는 게 말이나 됩니까!"

사람들 앞에서 정수헌은 진지하게 말하고 있었다.

정수헌은 한순간에 영웅이 되었다.

그가 청탁을 양심선언 한 덕분에 살인귀 하진욱이 다른 사
람을 죽일 기회를 잃었고, 그 덕분에 산모와 아이가 살았기
때문이다.

"아마 특별한 일이 없으면 정수헌은 다음 배지도 쉽게 얻
을 수 있을 거야."

"그런데 저 사람이 방어를 한다고?"

"정수헌은 이번 사건으로 영웅이 되었잖아."

"그래서?"

"국회의원직을 날렸다고 너를 죽이려고 든 하진욱이야.
그놈이 살아 나오면 정수헌은 어떻게 될 것 같냐?"

"아하!"

당연히 하진욱의 최우선 표적은 정수헌이 될 것이다.

그가 고발하는 바람에 저항도 못 하고 감옥에 가게 된 셈

이니까.

그만 아니었다면 하진욱은 피해자를 죽이고 숨을 수도 있었다.

"그러니 정수헌은 어떻게 해서든 사건을 키우고 사형까지 집행시키려고 하겠지."

물론 진짜 죽지는 않겠지만, 최소한 사형이 결정되면 영원히 세상으로 나오지 못한다.

"그리고 5년 후는 정수헌이 다시 국회의원을 하고 있을 시기야."

운이 좋다면 그의 힘으로 3심에서 파기환송이 아니라 기각으로 형이 확정될 수도 있다.

"우리는 따로 신경 쓰지 않아도 자기들끼리 알아서 먹고 먹힐 거다."

"그 부분은 좋은데."

피해자는 이미 발생했다. 그리고 검찰과 경찰의 무능 아닌 무능 또한 외부에 드러났다.

"이번 사건에서 승자는 없는 것 같네."

노형진은 연설하는 정수헌을, 자신도 모르게 눈을 찡그리고 보면서 말했다.

각하의 비밀

홍안수는 속으로 끓어오르는 분노를 감출 수가 없었다.

'노형진 이놈이 내 손과 발을 끊어 내고 있어.'

단순히 레임덕의 문제가 아니었다. 노형진이 계획적으로 자신의 근본적인 힘을 잘라 내고 있었다.

정치적인 부분에서는 티가 나지 않는다.

하지만 자신이 차명으로 가진 기업이 무너지고, 범죄가 드러난 부하들은 체포당하거나 도주해야 했다.

자신의 가장 깊숙한 비밀조차도 알아내서 야금야금 자신을 갉아먹고 있었다.

당연히 홍안수는 그 문제를 해결하기 위해 모든 방법을 동원했다.

그 모든 방법이라는 것 중에는 국정원도 있었다.

"마이스터?"

"그렇습니다, 각하. 이 모든 일의 뒤에는 마이스터와 미다스가 있습니다."

"노형진이 그놈들도 이용한다는 거야?"

"그렇습니다. 현실적으로 이 모든 게 노형진의 계략으로 보입니다."

"하지만 왜? 노형진 그놈이야 그렇다고 해도, 마이스터와 미다스가 나를 노릴 이유는 없잖아!"

그들이 그와 사이가 안 좋기는 하지만 그렇다고 해서 서로 잡아먹지 못해 안달할 정도는 아니다.

정확하게는 홍안수도 그들을 건드리기 껄끄럽고, 반대로 그들도 홍안수를 건드리기 껄끄러운 관계가 지속되어 왔다.

그런데 이제 와서 홍안수를 몰락시키려고 한다?

그건 이해가 가지 않는 행동이다.

"저희도 왜 그런 행동을 하는지는 알지 못합니다. 다만 노형진이 그걸 조종하고 있다는 건 확실한데, 그 이유에 대해서는 아직 드러난 게 없습니다. 각하께서는 생각나시는 게 있습니까?"

"으음…… 없는데."

홍안수는 순간 속으로 움찔했지만 차마 말하지는 못했다.

그랬다가는 당장 눈앞에 있는 국정원장의 총에서 발사된

총알이 자기 머리에 바람구멍을 낼 테니까.

그가 굉장히 탐욕스러운 인간이고 현재 홍안수의 파벌이기는 하지만, 일본 스파이라는 문제는 전혀 다른 것이었다.

"한국에서 뭔가 밉보였을까?"

결국 슬쩍 한국에 책임을 떠넘기는 홍안수.

하지만 국정원장은 고개를 흔들었다.

"그럴 가능성은 높지 않습니다, 각하. 지금까지의 행동을 분석해 보면 그들은 주변을 쓸데없이 건드리는 편은 아닙니다. 정확하게 표적을 정하고 말살하기 위해 그 주변을 공격하는 패턴을 보여 왔습니다."

"그래서?"

"지금 그들이 하는 행동은 정확하게 각하를 노리고 있습니다. 만일 그들이 한국을 노렸다면 각하의 주변 기업만 건드리지 않을 것입니다."

국정원장은 그렇게 당한 기업들이 홍안수의 차명 기업이라는 걸 알고 있었다.

하지만 그는 어느 정도는 정치자금이 있어야 정치도 가능하다고 생각하는 사람이기에 그 부분에 대해서는 뭐라고 할 생각이 없었다.

물론 눈앞에 있는 남자가 일본의 고정간첩이라는 사실을 알았다면 전혀 다른 생각을 했을 테지만 말이다.

"그러면 그들이 나를 노린다?"

"그렇습니다."

"레임덕을 불러오려고 하는 건가?"

"그럴 가능성은 높아 보이지 않습니다. 애초에 지금 레임 덕이 엄청나게 심합니다, 각하."

이미 레임덕이 오고 있는 상황이긴 하나 자신에게 레임덕 이 오는 것이 마이스터와 미다스에게 좋을 건 하나도 없다.

만일 누군가에게 정치적인 지원을 한다면 그쪽에 돈을 주 는 게 정답이지 홍안수를 공격하는 것은 의미가 없다.

한국의 대통령은 단임제이기 때문에 물러나면 그대로 끝 이다. 전임 대통령이라는 이름으로 뒤에서 적당히 훈수나 하 는 게 보통이다.

'그런데 어째서……?'

물론 그가 프락치로 국민들을 속여서 대통령이 된 건 사실 이다. 하지만 탄핵되지 않은 이상 정당한 대통령이니, 당연 히 그를 건드리는 것은 대한민국을 건드리는 것이다.

"각하, 어떻게 할까요?"

"당연한 거 아닌가?"

대통령은 그리 쉽게 볼 수 있는 자리가 아니다. 죽이려고 맘먹으면 누구든 죽일 수 있는 그런 자리다.

홍안수 입장에서는, 이유는 모르지만 자신에게 싸움을 걸 어온 마이스터에게 그냥 당해 줄 생각이 없었다.

"죽여 버려. 내가 말만 꺼내면 꼬리를 살랑살랑 흔들 때까

이것이 법이다

지 말이야."

"알겠습니다, 각하."

국정원장은 고개를 숙였다.

싸움은 이제부터 시작이었다.

⚖️

"역시나 이렇게 되는군."

"예상하지 않았습니까? 사실 홍안수가 지금까지 움직이지 않고 가만히 있었던 것이 더 이상한 거죠."

"지난번 타격이 커서 그랬을 것 같기는 한데."

"아마도 그럴 겁니다. 빼돌린 비자금을 거의 전부 털렸으니까요."

노형진은 어깨를 으쓱하며 말했다.

홍안수에게서 본격적인 공격이 시작되었다.

그리고 그 첫 공격 대상은 예상대로 새론이었다.

"마이스터와 미다스는 한국 국적이 아닙니다. 그러면 가장 가까운 곳은 어디인가? 다름 아닌 새론이지요."

새론에 들어온 세무조사.

권력자나 국가가 누군가를 공격할 때 가장 먼저 하는 것이 바로 세무조사다.

사실 세무조사라는 것도 애매한 게, 모든 조직은 세금을 내지 않는 방법을 찾아내려고 노력하기 마련이다.

새론 같은 경우는 워낙 적이 많아 나오는 모든 세금을 깔끔하게 다 내 버리지만.

"이번에 세무조사가 들어온 것은 새론이 아니야."

"변호사에게 들어온 건 저도 들었습니다. 사실 당연한 거 아닙니까? 지난번에 한번 세무조사를 했지만 결국 실패했으니까요. 그러니 다른 방법을 찾으려고 하겠지요. 그러면 가장 적절한 대상은 변호사입니다."

하지만 변호사가 뭔가? 법을 가지고 노는 직업이다.

새론은 만일에 대비해서 모든 세금을 다 낸다지만, 대부분의 변호사는 자신의 지식을 이용해서 세금을 깎는다.

"변호사들이 새론에서 나가게 하려는 게 그 속셈일 테고요."

새론에 있으면 세무조사를 당한다, 그게 그들이 원하는 그림일 것이다.

그게 계속되면 대부분의 변호사들은 결국 새론을 나갈 수밖에 없다. 그러지 않으면 버틸 수가 없으니까.

세무조사를 받아 단순히 벌금 조금 내고 끝낼 수도 있겠지만, 새론이 정부에 공격당한다는 것은 벌금으로 끝날 것도 실형으로 끝난다는 의미다.

"아무리 새론에 있는 변호사들이 나름 신념이 있는 사람들이라고 하지만 그런 공격을 이겨 내는 것은 쉽지 않을 거야."

송정한은 심각한 표정으로 말했다.

홍안수가 일본의 스파이, 그것도 고정간첩이라는 사실을 알았을 때부터 걱정했던 일이지만, 그렇다고 공격을 멈출 수는 없었다.

"그래도 다행인 건 홍안수의 가장 큰 자금줄이 말랐다는 건데……."

"그렇다고 해도 여전히 대통령이라는 직위는 남아 있지요."

노형진은 테이블을 톡톡 두들기며 걱정스럽게 말했다.

"아마도 다음 공격 대상은 대룡일 겁니다."

"부정할 수가 없겠군."

정부 조직은 일단 세무조사로 한번 공격하고, 별 타격이 없으면 타깃의 주변을 공격하기 시작한다.

개인의 경우는 가족, 친척, 친지, 심지어 머리를 깎으러 다니는 미용실까지 털어 가면서 말려 죽이려고 하고, 기업의 경우는 거래하는 모든 기업을 조사하면서 말려 죽이려고 한다.

"전임 대통령이 거기에 당했지요."

과연 그걸 포기할까?

그럴 리가 없다. 분명 그 방법을 쓴다.

"일단 변호사도 변호사지만, 대룡을 털 겁니다. 사실 핑계가 좋지요."

대룡은 대동과 전쟁 중이다.

맨 처음에 대동이 한국에 본격적으로 들어오려고 할 때 홍안수는 노골적으로 대동을 밀어주며 대룡을 적대했다.

그로 인해 대룡이 대동의 주요 타깃인 게 드러났고, 그 결과 노형진이 일본의 대동에 내전을 일으키며 한국 진출을 막은 것이다.

"그 앙금은 아직도 있습니다. 대동의 한국 공략은 실패한 게 아닙니다. 나중으로 미뤄진 거지."

"그러면 대동이 멀쩡해지면 당연히 다시 공격이 시작된다는 말이군."

"맞습니다. 그리고 홍안수는 이번 기회에 대룡에 치명적인 문제를 일으키려고 할 겁니다."

그래야 대동이 한국에 들어왔을 때 편하게 먹을 수 있을 테니까.

"그럼 자네는 어쩔 생각인가?"

"어쩌긴요. 당연히 대룡에 이야기하고 같이 싸워야지요."

답은 결정된 것이나 다름없었다.

"그 말이 사실인가?"

"제가 유 회장님께 거짓말할 이유가 있던가요?"

"후우."

노형진의 말에 유민택은 얼굴을 부여잡았다.

뜬금없는 상황이 닥쳐왔다.

요 근래에 갑자기 새론과 변호사들에게 세무조사가 닥쳐서 이상하다고는 생각했다. 더군다나 그 규모가 한두 개 팀이 아니라, 동원된 팀만 스무 개가 넘는다.

이건 대놓고 무슨 수를 써서라도 말려 죽이겠다는 뜻이다.

그래서 왜 그런가 했더니…….

"홍안수가 프락치, 아니 일본의 스파이라고?"

"특이한 일은 아닌 것 같습니다만. 한 번 한 짓거리를 두 번은 못 하겠습니까?"

"끄응…… 그건 그렇지."

물론 이번 경우는 일본 스파이가 된 것이 먼저겠지만 말이다.

"현실적으로 이 상황에서 우리가 화해의 손길을 내미는 건?"

"글쎄요. 효과가 있을까요? 물론 저희 새론과 선을 긋는 방법도 있겠지만……."

그리한다면 새론은 큰 피해를 입어도 대룡은 멀쩡할 수 있다.

"하지만 대동을 잊지 마십시오. 대동의 한국 진출의 최종 목적은 대룡이었습니다."

"그래…… 그랬었지."

그런 상황에서 손을 내밀어 봐야 시간을 끄는 정도이지 정부와의 싸움을 피할 수는 없다.

도리어 새론이 사라진 후에는 싸울 방법 자체가 없어져 버린다.

일본에서 작전을 실행한 것은 새론과 노형진이니, 새론이 도움을 청했을 때 거절한다면 노형진이 추후 대룡을 도와줄 이유가 하등 없다.

"결국 싸워야 하는군."

"그래야 할 겁니다."

"단도직입적으로 묻지. 우리가 뭘 어떻게 해야 하나?"

유민택은 마음을 굳히고 말했다.

가능하면 정부와의 싸움은 피해야 한다. 하지만 피할 방법이 없다면 이겨야 한다.

"일단 큰 결심을 해야 합니다."

이렇게 될 줄 몰랐다면 모를까, 다 알고 있으면서 대책도 강구하지 않았을 노형진이 아니다.

당연히 대비책을 준비해 놨고, 그 내용은 생각보다 충격적이었다.

"회사를 옮겨야 합니다."

"회사를 옮긴다고?"

"그렇습니다. 회사를 다른 곳으로 옮겨야 합니다."

"어디로? 서울 말고 다른 곳으로 가란 말인가?"

"아니요. 해외로 가야 합니다."

"해외로?"

"그렇습니다. 적당한 곳은 독일 정도 되겠네요."

"독일……."

얼굴이 굳어지는 유민택.

회사를 독일로 옮긴다고 해도 메리트는 없다.

"공장을 독일로 옮기기에는, 거기는 너무 멀고 인건비도 비싸."

"공장을 옮기라는 말이 아닙니다."

"뭐? 그게 무슨 소리야?"

"말 그대로 회사를 옮기라는 겁니다."

유민택은 숨이 턱 막혔다.

"설마 그 회사가, 우리 그룹 자체를 말하는 건가?"

"맞습니다."

"자네 미쳤나?"

대룡은 한국의 기업이다.

태생이 한국이고, 한국에서 성장했으며, 또한 한국에서 돈을 벌고 있다.

해외시장에서도 적지 않은 돈을 번다지만 여전히 한국 기업이며, 또 노형진의 조언에 따라 한국에서 사회적 기업이라는 이미지를 구축해 왔다.

"그런데 이제 와서 대룡을 아예 외국으로 옮기라고?"

"그렇습니다. 주소뿐만 아니라 공장도 감안하셔야 합니다."

"진심인가? 그 비용이 얼마나 들지 아나?"

"정확하게는, 반은 진심입니다."

"반은 진심이라고?"

"네. 저쪽에 일단 칼을 들이밀고 나서 이야기해야 할 문제니까요."

"이해가 안 가네. 칼이라니?"

"대룡의 약점이 뭔지 아십니까?"

"착한 이미지지."

"정확하게 아시는군요."

"전에도 한번 이야기하지 않았나?"

대룡은 착한 이미지를 추구하면서 기업을 성장시켜 왔다. 그렇다 보니 현실적으로 조금이라도 나쁜 일을 하기 힘들다.

노형진이 말했던 것처럼 나쁜 일을 하던 놈이 한 가지 착한 일을 하면 새로운 면의 발견이지만, 착한 일을 하던 놈이 나쁜 일을 하나 하면 그렇게 안 봤다는 식으로 나오면서 호구 취급하는 게 인간이다.

실제로 그 문제로 새론이 한참 고생하기도 했고 말이다.

"분명 세무조사를 비롯한 대룡에 대한 압력은 들어옵니다. 새론의 가장 큰 고객은 대룡이니까요. 대룡을 압박하면서 새론과 거래를 끊게 만드는 것은 당연한 일입니다."

"그렇지. 그거랑 우리가 한국을 떠나는 거랑 무슨 관계가 있나?"

"누가 악당이 되느냐의 문제죠."

"'누가 악당이 되느냐……'라고?"

"그렇습니다."

만일 세무조사나 기타 공격에 당한 다음에 대룡이 이전을 발표하면 어떻게 될까?

아무리 좋게 발표해도 대룡이 뭔가를 피해서 도망가는 구도가 되어 버린다.

최악의 경우는 대룡이 국민들을 배신한다고 생각할 수도 있다.

아니, 그렇게 생각할 것이다.

국민들 입장에서는 대룡은 마냥 좋은 기업일 뿐이니까.

"하지만 대룡은 화가 나면 극단적인 행동을 한다는 것 또한 널리 알려진 사실이지요."

"그렇지."

"그러니 우리가 먼저 선빵을 치는 겁니다."

대룡이 한국에서 공장을 비롯한 모든 것을 철수하고 해외로 나가며 회사의 주소지를 다른 나라로 옮기겠다고 발표하면 대한민국의 경제는 작살나기 시작한다.

대룡 정도의 기업이 나가면 경제가 흔들리는 건 당연한 일이다.

더군다나 이전은 망하는 것과 또 다르다.

회사가 망해도, 그곳에 있던 모든 사람과 장비는 현장에 남는다. 그러니 다른 업체에서 구입해서 계속 사용할 수 있다.

하지만 이전은 가지고 있는 걸 모조리 가지고 가며, 회사를 따라 이민을 선택하지 않은 직원만 남는다.

즉, 해직을 의미하고, 해직은 실업률 상승이라는 큰 문제를 불러온다.

"만일 대룡이 다른 나라로 간다면 실업률이 얼마나 오를까요?"

"어마어마하겠지."

대룡만 문제가 아니라 그 아래에 있는 하청도 생각해야 한다.

특히 대룡이 공장을 만들면서 성장한 지방 기업은 순식간에 실업률이 40%까지 올라갈 수도 있고, 도시 파산이라는 최악의 경우도 일어날 수 있다.

"그러니까 자네 말은, '우리가 떠날 수 있으니 알아서 기어라.'라는 메시지를 던지라는 건가?"

"아니요. 반대입니다."

"어째서?"

"아까 말씀드렸다시피 국민들에게 대룡은 좋은 기업, 착한 기업입니다. 아무런 이유도 없이 갑자기, 지금까지 잘 지내 왔던 한국에서 기반이고 뭐고 다 버리고 해외로 튈 이유가 없지요."

이전이라는 게 주소만 옮기는 게 아니다.

물론 그래도 되기는 한다.

사실 주소를 해외로 옮기는 것만으로도 한국은 타격이 크다.

주소를 가진 국가에 세금을 내야 하는데, 작은 나라들은 대룡이 가는 것만으로도 조 단위의 세금이 추가될 테니 혈안이 되어서 설득하려고 할 것이다.

"누군가는 대룡이 배신했다고 할지 모르지만, 대룡 같은 대기업의 위력을 아는 대부분의 국민들은 상황부터 이해하려고 할 겁니다."

왜 대룡이 해외로 가려고 하나?

왜 대룡은 한국의 인프라를 버리는 극단적 선택을 하나?

그로 인해 어마어마한 피해가 발생할 걸 알면서도 왜 해외 이전을 강행할까?

"그리고 그때쯤이면 세무조사가 들이닥치겠지요."

그것도 아주 초고강도 조사일 것이다.

단순히 정기 조사가 아니라 영혼 한 톨까지 털어 낼 각오로 들어오는.

"만일 그게 들어온 이후에 이전을 발표하면 당연히 도망가는 꼴이 됩니다. 하지만 이전을 발표한 후에 그 조사가 들어오면 사람들은 뭐라고 생각할까요?"

"아…… 그렇군. 사람들 입장에서는 우리가 뒤통수를 치는 게 아니라, 정부의 압력 때문에 한국을 포기하고 해외로 나가는 걸로 보이겠군."

사실 한국 내에 있는 자산은 한두 푼이 아니다.

물론 그건 천천히 팔 수 있다지만 그 피해는 어마어마하다.

일단 다른 나라에 땅과 공장을 사야 하고, 기계를 옮기기 위한 선박이나 장비도 준비해야 하고, 기숙사 같은 경우는 아예 새로 지어야 한다.

"그 정도 손실을 감수할 정도로 기업이 정부에 의해 공격받고 있다는 이미지를 가지게 하는 게 제 목적입니다."

"그렇지. 그러면 아무리 홍안수라고 해도 꼼짝도 못 하지."

정부에서 압력을 행사해서 대룡 정도의 기업을 해외로 쫓아 보낸다?

이순신 장군님이 환생해서 다음 대통령 후보로 나와도 자유신민당은 패배할 수밖에 없다.

단순히 대통령만 문제가 아니라 국회의원들도 난리가 날 것이다.

도대체 무슨 짓을 하는 거냐면서 홍안수를 압박할 테고,

일이 이 지경이 되면 분명 탄핵 이야기가 나올 것이다.

"하지만 여기에는 큰 문제가 있네."

"돈이 문제지요."

돈은 언제나 문제다.

아무리 대룡의 수익이 크다고 해도 한국의 공장을 유지하면서 동시에 해외 공장을 건설하는 건 절대 쉬운 일이 아니다.

한쪽을 팔아서 구입하는 것도 아니고, 다른 곳에 동시에 땅을 사고 공장을 지어야 할 테니까.

"압니다. 그래서 제가 여기에 온 거죠."

"그래서 자네가 왔다고?"

"마이스터와 미다스는 대룡에 돈을 장기 저리로 빌려드릴 수 있습니다. 그러면 어떨까요?"

"장기 저리? 아, 잠깐만. 장기 저리라고 하면?"

"맞습니다. 한국에 있는 땅과 공장을 담보로 해서 말이지요."

그렇게 되면 한국의 공장과 땅을 잃어버리지 않으면서도 막대한 돈을 융통할 수 있다.

저리 이자인 만큼 부담이 덜할 테고, 어차피 팔아야 하는 한국의 땅은 나중에 넘겨도 되는 일이다.

"지금 홍안수는 마이스터와 제가 자신을 공격하는 걸 알고 있습니다. 그런 만큼 외부적으로 담보를 바탕으로 대출이 이루어진다고 하면 겁먹겠지요."

"대룡의 이전 자체가 마이스터의 공격이라고 인식하겠군."

"맞습니다. 지금까지 마이스터와 미다스는 한국에 위협적 행동은 몇 번 했어도 제대로 된 전쟁을 벌인 적은 없거든요."

하지만 이건 대놓고 전쟁이다.

"아시겠지만 마이스터는 한번 두한과 전쟁 아닌 전쟁을 했지요."

그때 입은 타격으로 두한은 여전히 휘청거린다.

그런데 두한처럼 대미지를 입히는 정도가 아니라, 대룡 같은 대기업을 아예 한국에서 빼낸다?

"곡소리가 날 겁니다."

"무슨 뜻인지 알겠네. 그러면 가능하면 빨리 진행해야겠군."

"맞습니다. 아마도 조만간 세무조사가 들어올 테니까요. 발표 시간은 제가 알려 드리겠습니다."

"시간까지?"

"모든 일에는 타이밍이라는 게 있기 마련이니까요."

노형진은 자신 있게 말했다.

"알겠네."

노형진의 말에 유민택은 고개를 끄덕거렸다.

"내가 대기업 회장인지 아니면 연기자인지, 때로는 모르겠구먼, 허허허."

모든 일에는 타이밍이라는 게 있다.

그리고 그중에서도 노형진이 노리는 타이밍은 다름 아닌 조간신문이었다.

신문은 발행 시간에 따라 두 종류가 있다.

하나는 조간신문, 하나는 석간신문.

조간신문은 어제 있었던 일을 정리해서 아침에 내는 신문이고, 석간신문은 오늘 있었던 일을 저녁에 내는 신문이다.

그리고 한국은 대부분이 조간신문이다.

"이 시간이면 조간신문의 주요 인쇄 자료가 넘어간 때입니다."

노형진은 시계를 힐끔 보며 말했다.

"조금 있으면 조간신문의 인쇄가 시작되지요."

"그건 아는데, 이 늦은 시간에 기자회견을 하는 이유가 뭔가?"

"책임의 문제죠."

"책임?"

"압력을 가할 때 정부는 당연히 언론을 이용합니다. 애석하게도 대한민국의 신문, 특히 종이 신문들은 전부 자유신민당을 지지하는 성향이 강하지요."

"그래서?"

"당연히 언론은 최대한 대룡에 압력을 주려고 할 겁니다."

그리고 그 방법은 다름 아닌 신문을 이용하는 것이다.

신문에 대룡에 대한 대단위 세무조사를 알리는 것으로 첫 포문을 열려고 하는 게 정부의 계획이었다.

"한국 사람들은 세무조사라고 하면 무조건 나쁘게 봅니다. 특히 부자가 세무조사를 당할수록 더욱 그렇게 보지요."

왜냐하면 부자는 정상적으로 돈을 벌지 않았으리라는 기본적인 관념이 깔려 있기 때문이다.

실제로 그게 틀린 말이 아닌 것도 사실이고.

"그러니 세무조사가 발표되면 사람들은 '역시 그렇지.'라는 생각을 하게 될 겁니다."

국민들은 대룡이 좋은 기업이기는 하지만 그건 어디까지나 다른 기업보다 상대적으로 좋은 기업이라는 이미지일 뿐, 대룡이 진짜 깨끗하리라고 생각하지는 않는다.

그런 기업은 한국에 존재할 수가 없으니까.

"그리고 정보에 따르면 오늘 관련 정보가 기자들에게 넘어갔다고 합니다. 즉, 내일 조간신문으로 그 뉴스가 나온다는 거죠."

"하지만 그래서는 동시 발표나 마찬가지잖아?"

"지금은 21세기입니다, 회장님."

신문은 늦게 나가지만 인터넷에서는 바로 올라간다.

신문에 세무조사가 발표될 때쯤에는 이미 언론에서 떠들고 인터넷에서 떠들어서, 도대체 왜 이유도 없이 대룡이 한국을 뜨려고 하는 것이냐는 주제가 파다하게 퍼져 있을 것이다.

"그리고 갑자기 이 뉴스가 뜨는 거죠."

"그래서 이 시간?"

"이미 인쇄 파일은 넘어간 시간입니다. 내용을 바꿀 수는 없죠."

당연히 유민택의 발표가 조간신문에 들어갈 수는 없다.

넣고 싶다고 해도, 이 문제는 일개 편집장이 담당할 수 있는 것이 아니다.

이 문제를 해결할 수 있는 건 정부 관계자다.

그것도 아주 고위직.

"그런데 그들이 정보를 얻고 상의해서 그 내용을 빼기에는 시간이 빡빡합니다. 그들은 대부분 퇴근했을 테고, 집에 가 있는 사람도 있겠지만 접대받는다고 연락 두절된 사람도 있을 테니까요."

결과적으로 현 상황에서 그들이 할 수 있는 건 없다.

다급하게 정부의 명령을 받아서 뉴스를 삭제할 수도 없는 노릇이다.

"그러니 우리가 더러워서 먼저 나간다고 한 후, 그 더러움의 증거가 바로 나갈 거라 이거군."

"맞습니다."

"이거 재미있군."

유민택은 미소를 지었다.

"좋아, 오늘 밤은 대한민국을 한번 들었다가 놔야겠군, 후후후."

유민택은 자신 있게 말하면서 옷을 정리했다.

쇼를 시작할 시간이었다.

유민택의 쇼는 아주 성공적이었다.

왜 나가는지에 대한 정보는 하나도 제공하지 않은 채 오로지 대룡의 모든 자산과 시스템을 다른 나라로 빼내겠다는 요지만 이야기한 기자회견.

그 발표는 대한민국을 발칵 뒤집었다.

―나라에 망조가 든 건가?

―대룡이 왜 나가지? 아니, 뭐 대룡이 한국이랑 전쟁함?

―이해가 안 가네. 대룡 지금까지 좋았잖아? 그런데 왜 나감?

밤새도록 인터넷에서는 그 이야기뿐이었다.

그럴 수밖에 없는 게, 대룡이 한국에서 나가면 그 피해액이 1천조를 넘는다는 경제학자의 발표가 있었기 때문이다.

그것도 단기적인 피해만 그렇고, 그 원인을 해결하지 못해서 다른 기업들까지 나가기 시작하면 피해는 더더욱 커질 수밖에 없는 상황.

그 상황에서 조간신문이 떴다.

그리고 거기에는 노형진이 예상한 기사가 올라가 있었다.

정부 대대적인 대룡 세무조사
세무 당국, 갑작스러운 대룡 세무조사. 원인은?

어젯밤의 충격이 사라지기도 전에 갑자기 터진 어마어마한 사건으로 대한민국은 난리가 났다.

그리고 노형진이 이때를 대비해서 준비한 여론 조작 단체들이 슬슬 움직이기 시작했다.

-뭔 뜬금없는 세무조사?
-규모 이거 실화냐? 뭐, 대룡 죽이려고 작정함?
-이거 역대급 아니냐?

누구도 원인을 모르는 사이에 알바들이 슬쩍슬쩍 올리기 시작한 정보는 무서운 속도로 사람들 사이에 퍼져 나갔다.

—정부랑 대룡이랑 틀어져서 정부에서 말려 죽이려고 한다던데?

—장난함?

—장난 아닌 듯. 대룡이랑 현 정권이랑 사이 안 좋은 게 어제오늘 일도 아니고.

—현 대통령은 오로지 대동빠임. 일본 만세!

—고작 그걸 가지고 한국을 나간다고?

—대룡, 근데 똘끼 엄청 세잖아? 기억 안 남? 자기 계약직 직원 아들 학폭 사건 덮었다고 법을 안 지키겠다고 덤빈 게 대룡임.

—어, 글킨 하지. 착한 놈이 미치면 위험하다고 똘끼가…….

—도대체 얼마나 대룡을 조져 왔으면 다 버리고 가겠다는 거지? 경제학자 말로는 어디로 갈지는 모르지만 대룡도 최소 50조 이상 손실이라는데.

—각 나오네. 피해가 무서워서 못 나가는 거 아니까 정부에서 대룡을 조져 왔는데 결국 똘끼가 터진 거네.

—와, 역대급 똘끼다.

—똘끼 문제가 아니다. 이거 한국 제2의 IMF 각?

—와, 씨발. 주식시장 바라. 저 파란 초원이다.

—안녕히 계세요, 여러분. 저는 이 세상의 모든 굴레와 속박을 벗어던지고 제 행복을 찾아 이 나라를 떠납니다. 헬조선 바이바이.

처음에는 그저 헛소리처럼 보였다.

하지만 인간의 인식의 흐름이라는 것은 참으로 재미있다.

한번 이쪽으로 살짝만 밀어 주면 중립이었던 사람도 슬슬 밀려가기 시작한다.

더군다나 피해자와 가해자가 확실한 범죄도 아니고 모든 게 불확실한 상태에서는 더더욱 그렇다.

그러다 증거가 나타나면 사람들의 의식은 그쪽으로 확 쏠린다.

"인터넷은 난리가 났네. 주식시장도 난리야. 우리 라이벌 입장으로 있던 몇몇 대기업들은 살짝 오르기는 했는데……."

유민택은 씁쓸한 표정으로 창밖을 바라봤다.

바깥에 있는 사람들.

그들은 다름 아닌 대룡의 하청기업들의 사장들이다.

대룡이 떠난다는 말에 다급하게 본사로 몰려든 것이다.

그들은 당장이라도 유민택을 만나고 싶어 했지만 그러지 못해 본사 앞에 모여 있었는데, 그 숫자가 얼마나 많은지 본사 앞의 공원을 넘어서 도로까지 꽉 찰 정도였다.

"미친 짓 하나에 나라가 발칵 뒤집어졌군."

"뒤집어지라고 한 짓이니까요."

당장 언론도 대룡을 편들어 줄 수밖에 없다.

광고 수입으로 돌아가는 언론의 특성상 광고주는 절대적으로 필요하다. 그런데 대룡은 광고를 많이 하는 곳이니, 그런 곳이 사라진다면 당연히 경쟁도 줄어들고 광고의 단가도 낮아진다는 걸 의미하니까.

"이대로 오래 있어야 하나?"

유민택은 불편하다는 듯 말했다.

저 아래에서 만남을 기다리는 사람들이 얼마나 불안할지 알기 때문이다.

유민택도 회사를 키우면서 얼마나 고통받고 힘들었으며 심장이 떨렸던가?

"오래는 안 갈 겁니다. 지금 국세청은 난리가 났을 테니까요."

이미 국세청 앞에서 많은 기자들이 진을 치고 이유를 알 수 없는 세무조사에 대해 물어보고 있을 것이다.

"아마도 그쪽은 미칠 것 같을 겁니다, 후후후."

⚖

"망할······."

홍안수는 입술이 바짝바짝 말랐다.

국세청장은 그 앞에서 진땀을 흘리고 있었다.

"도대체 이걸 몰랐다는 게 말이나 돼!"

"각하, 저희도 예상하지 못했습니다. 아예 회사를 옮겨 버리겠다니."

"그러면 어쩔 거야?"

'그걸 나보고 물으면 어쩌라고!'

국세청장은 미칠 것 같았다.

그럴 수밖에 없는 게, 만일 여기서 세무조사를 멈춘다고 하면 왜 그렇게 급하지도 않았던 세무조사를 하려고 했느냐는 질문이 나올 수밖에 없고, 그래도 세무조사를 한다고 발표하면 그렇게 악착같이 대룡을 죽이려고 하는 이유가 뭐냐고 질문이 나올 수밖에 없는 상황이기 때문이다.

　"현재로써는 저희가 할 수 있는 게 많지 않습니다, 각하."

　"내가 언제 변명을 듣자고 했어? 당장 해결책을 가지고 오란 말이야! 해결책을!"

　"일단은…… 세무조사의 규모를 줄이고 적당히 협의하시는 것이……."

　물론 그게 쉬운 것은 아니다.

　이미 언론을 통해 대단위 세무조사라고 발표한 상황이다.

　그런 상황에서 세무조사의 규모를 줄인다?

　그건 이미 정부에서 잘못했다는 걸 인정하고 들어가는 꼴이다.

　"그럴 수는 없어."

　"각하!"

　"나 대통령이야! 내가 왜 이런 꼴을 당해야 하는데?"

　홍안수의 눈은 반쯤 뒤집어져 있었다.

　사실 이미 레임덕이 거세게 오고 있는 상황이다.

　임기가 끝난 이후의 문제? 그건 신경도 안 쓴다.

　"계속 진행해. 어차피 이전한다 해도 바로는 안 될 거야.

그 전에 망할 정도로 몰아붙여서, 내 앞에서 무릎 꿇고 싹싹 빌게 만들어!"

국세청장은 입술을 깨물 수밖에 없었다.

⚖

"역시나 물러나지는 않네."

노형진은 어깨를 으쓱했다.

홍안수가 이렇게 나올 거라고는 생각했다.

어차피 그는 일본 스파이니까, 한국 경제에 대해 관심도 없다.

도리어 기회라고 생각할 수도 있다.

대룡이 한국에서 나가면 대한민국은 심각한 경제적 타격을 피할 수 없을 테니, 반대로 그만큼 일본이 성장할 수 있는 기회가 될 테니까.

"일단 세무조사는 못 막습니다. 그러니 실무진을 통해 사전에 말씀드렸던 대출 문제를 진행하도록 하지요. 그걸 협상하기 시작하면 한국에서 홍안수를 공격하기 시작할 겁니다."

"으음…… 역시 불편해."

홍안수의 행동에 유민택은 고개를 흔들었다.

하지만 홍안수와 대룡은 함께 갈 수가 없는 상황.

"그러면 이다음은 어쩔 건가? 홍안수 입장에서는 이대로 물러나지 않을 거야. 다음 수를 쓸 텐데?"

노형진은 고개를 끄덕거렸다.

"아마도 압수수색이 시작되겠지요."

"압수수색?"

"네. 죄가 없으면 죄를 만들어 내면 된다."

말하던 노형진은 어깨를 으쓱했다.

"그게 진리 아니겠습니까?"

새론을 고소할 사람들은 많다.

사실 고소라는 것 자체가 누구든 할 수 있는 일이다.

그리고 새론에 의뢰를 맡겼던 수많은 의뢰인들 중에서 불만을 가진 사람이 없으리라는 법도 없다.

"모두 정지! 현 시간부로 이곳의 모든 것을 압수합니다."

문을 열고 들어오는 사람들.

그들을 본 새론의 직원들은 한숨을 푹 쉬었다.

"또야?"

전에도 한번 당한 적이 있기 때문에 다들 짜증을 내면서도 별말 하지 않고 컴퓨터에서 손을 떼고 자리에서 일어났다.

사실 애초에 압수수색이 들어올 거라고 김성식이 말해 줬기 때문에 그다지 놀라지도 않았다.

"어?"

그리고 압수수색을 하러 온 사람들은 사무실을 뒤지다가 당혹했다. 그럴 수밖에 없었다.

"서류 다 어디 갔어?"

"글쎄요."

"아니, 서류가 다 어디 갔냐고."

"나야 모르죠."

직원은 시큰둥하게 말했다.

사정을 모르는 것도 아니고 이미 다 들은 직원들이 그들을 좋게 볼 수는 없었다.

한때 노형진 덕분에 가족의 목숨까지 건진 인간들이 이제 와서 뻔뻔하게 죽이겠다고 덤벼들다니.

"진짜 후안무치하다."

"어쩜 은혜를 모르는 인간들이 이렇게 많지?"

검사들도, 수사관들도 얼굴이 붉어졌다.

살려 달라고 빈 게 얼마 되지도 않은 일이었으니까.

"서류 어디 갔냐고!"

결국 그 부끄러움을 이겨 내기 위해서인지 검사 중 한 명이 목소리를 높였다.

"나는 모른다니까요! 그걸 내가 어떻게 알아요? 내가 옮긴 것도 아닌데!"

"너 이 새끼!"

이것이 법이다

결국 화가 난 검사가 직원의 멱살을 움켜쥐었다.

"어이구, 검사가 사람 패네!"

"이거 고소해야 하는 거 아니야?"

"고소해야지, 고소!"

"씨발."

검사는 아차 싶었다.

이곳은 새론이다.

아무리 죽이라고 오더가 떨어졌다지만 진짜 죽이려고 달려들 수는 없었다.

"컴퓨터라도 압수해!"

"네, 검사님."

하지만 직원들은 시큰둥했다.

사실 이미 하드도 교체해서 저장된 게 없었던 터라 직원들은 게임이나 하고 있던 판국이었다.

"서랍도 뒤지고."

"서랍은……."

열어 봐야 볼펜 몇 자루만 데굴거리고 있을 뿐이었다. 그흔한 영수증 한 장 없었다.

"왜요? 불만 있어요?"

피식 웃는 직원.

옆에 있던 직원이 한 소리 했다.

"아, 불만 있는 거 맞네."

"응?"

"내가 서랍에 담배는 안 넣어 놓고 라이터만 넣어 놨거든. 그러니까 불만 있지."

"크하하하!"

"아이고, 웃겨라."

"담배 드릴깝쇼?"

명백한 놀림에 얼굴이 붉어지는 검사들과 수사관들.

"가지고 갈 거 없으면 어서 가요."

명백한 놀림에 검사는 이를 뿌드득 갈았다.

"싹 털어."

"네."

싹 턴다고 해 봐야 결국 가지고 갈 수 있는 건 볼펜이나 라이터 같은 잡동사니뿐이었다.

서류나, 조금이라도 업무에 관련이 있는 건 이미 외부로 빼돌린 후니까.

"야, 상자 맞춰."

"알겠습니다."

검사의 말에 상자를 맞추는 직원들.

모든 압류품은 규격에 맞게 상자에 담아서 나가는 게 원칙이다. 검정 봉투에 담아서 갈 수는 없으니까.

그런데 그걸 보고 있던 직원들은 기가 막혔다.

"지금 뭐 하십니까?"

상자를 맞추는 건 좋다. 규정이 그러니까.

그런데 그들은 그 안에 볼펜을 비롯한 잡다한 물건을 챙겨 넣기 시작했다.

"아니, 그건 가지고 가서 뭐 하게요?"

"좀 닥치지?"

검사는 짜증스럽게 말했다.

그런데 그 이후에 벌어진 일이 더 가관이었다.

사실 아무리 볼펜이 많아 봐야 새론에 있는 물건을 다 챙긴다고 해도 결국은 상자 하나면 충분하다.

그런데 조립하는 상자는 수십 개였다.

그 수십 개의 상자마다 볼펜 한두 개씩 넣어 가면서 밀봉하는 검찰.

일을 다 마친 검사가 주변을 스윽 둘러보았지만 더는 남은 것이 없었다.

"이런다고 다 벗어날 줄 알아?"

그러더니 고작 볼펜 한두 개밖에 들어 있지 않은 그 박스들을 놓고 아예 죽치고 앉는 것이 아닌가.

그렇게 얼마나 지났을까.

"그만 가시죠, 저희 퇴근해야 하니까."

보다 못한 새론의 직원이 말했다.

그 말에 검사 하나가 핸드폰을 꺼내 시계를 보더니 자리에서 일어나 주위에 눈짓을 했다. 그러자 여기저기서 일어나는 검사들과 수사관들.

그리고 박스마다 두 명씩 들러붙어 양쪽에서 들고 움직였다.

"그게 무거워요?"

"장난해? 뭐, 요즘 볼펜은 한 40킬로그램쯤 나가나?"

그렇게 아침 9시 땡 치자마자 들어온 검사들과 수사관들은 한참을 죽치고 있다가 저녁 9시가 넘어서야 박스를 들고 나가기 시작했다.

그리고 그 앞으로 기자들이 몰려들었다.

미친 듯이 찍어 대는 사진, 그리고 연달아 나가는 박스들.

그러나 그들은 몰랐다.

그 모습을 좀 떨어진 호텔에서 누군가가 지켜보고 있다는 사실을.

⚖

"아주 가관이네, 진짜."

노형진과 변호사들은 아예 출근도 하지 않았다.

이곳에도 노형진과 김성식만 있는 상황이었다.

"도대체 뭐가 있다고 열두 시간을 버틴 거야?"

이미 텅텅 빈 사무실이다.

열두 시간? 그거 터는 데 한 시간도 안 걸린다.

애초에 압수수색이라는 게 들이닥쳐서 싹 들고 가는 거다.

당연히 분류나 정리를 해서 가지고 가는 게 아니다.

그러니 길어 봐야 세 시간이면 된다.

당장 포장이사를 불러도 짐 빼는 데 두 시간이 안 걸린다.

그런데 텅 빈 사무실에서 열두 시간을 버틴다?

"뻔한 전략 아닙니까?"

"하긴 그러네."

김성식은 검사 출신이다.

그리고 그게 뭘 노린 짓인지 안다.

그래서 미리 다 준비해 둔 거고.

"내일 아침이면 아주 개판이 날 겁니다. 아마 우리 새론이 가루가 되도록 까이겠지요."

"그런데 우리한테 의뢰를 안 맡기면 어쩌지?"

"상관있나요?"

노형진은 어깨를 으쓱했다.

사실 새론의 유능함은 유명하다.

아무리 정부에서 씹어 봐야 자기 인생이 걸리면 유능한 변호사를 찾는 게 인간이다.

"하긴 그건 그러네. 어차피 상황도 상황이고."

홍안수는 이번에 노형진을 이길 수 있을 거라고 생각해서 저러는 것 같은데, 애석하게도 그럴 가능성은 없다.

이미 노형진은 모든 설계를 해 둔 상황.

"이참에 변호사들 휴가나 보내야겠군."

"직원들도 보내죠. 아니면 사내 단합 해외여행이라도 해 보든가."

"그것도 좋은 생각이군."

김성식은 고개를 끄덕거렸다.

"어디 좋은 곳 있나?"

"다낭도 좋고…… 아니면 하와이로 갈까요?"

"하와이?"

"이참에 아예 전세기 한 대 구해서 다 같이 갔다 오죠?"

"뭐, 자네가 내준다면야."

"기꺼이."

압수수색이 들어온 걸 보면서도 전혀 두려워하지 않는 두 사람.

"채림이한테 연락해서 예약 좀 알아보겠습니다. 시간이 좀 걸릴 것 같네요. 직원들을 전부 데리고 가려면 말입니다."

"천천히 하게."

김성식은 고개를 돌려서 짐을 열심히 나르고 있는 검사들을 바라보았다.

"아직 시간은 넉넉하니까."

검사와 기자의 환장의 콜라보

다음 날 새론에 대한 대대적인 압수수색이 알려졌다.

대룡에 한번 당해서 그런지 이번에는 확실하게 확인해서, 언론에서는 새론을 미친 듯이 까기 시작했다.

> 법무 법인 새론, 12시간 압수수색
> 법무 법인 새론, 의뢰인들에 대한 기망 행위 포착
> 타락한 변호사들, 그 끝은?
> 검찰, 법무 법인 새론에서 50박스 단위의 증거물 압수

"누가 보면 우리가 나라라도 팔아먹은 줄 알겠네요."

무태식은 신문을 보면서 어이가 없어서 피식 웃었다.

신문뿐만 아니다. 공중파에서부터 종편까지, 이미 새론은 대한민국 최고의 악의 축이나 마찬가지였다.

"예상한 거 아닙니까?"

노형진은 슬쩍 시선을 돌려서 새론 빌딩을 바라보았다.

이미 많은 기자들이 몰려와 있는 상황.

그들은 새론이 무너지기를 원하는 마음으로 시선을 떼지 못하고 있었다.

"일단은 말이죠, 우리는 저쪽에 놀아날 생각이 없으니까."

노형진은 시계를 힐끔 보았다.

"정상적으로 출근은 해야 합니다."

"하지만 사건이…… 끄응."

일단 사건에 관해서는 연기 신청을 할 수 있는 것은 신청하고 해지를 원하면 해지해 줬다. 그리고 진짜로 시간이 안 되는 사건은 법무 법인 하늘을 이용해서 변론을 이어 가기로 했다.

"우리가 이렇게 출근하는 게 의미가 있을까요?"

새론은 사실상 개점휴업 상태다.

그럴 수밖에 없다. 모든 게 다 털렸으니까.

정확하게는, 모든 물건을 다 다른 곳으로 옮긴 상황이다.

그러니 바로바로 움직여야 하는 변호의 특성상 대부분의 업무가 정지될 수밖에 없었다.

"좋지 않습니까?"

"네?"

"아니, 세상에 나와서 놀기만 해도 월급을 주는 획기적인 회사가 어디 있습니까?"

"하긴 그렇지요."

직원들은 할 게 없어서 나와서 그냥 시간만 보낸다.

다른 회사라면 당연히 무급 휴직 처리하겠지만 노형진은 나름의 계획이 있기 때문에 그들이 계속 나와 줘야 했다.

그래서 노형진은 그들을 위해 게임기를 설치해 주는 등 서비스를 해 줬고 직원들, 특히 남자 직원들은 행복한 비명을 질렀다.

"우리는 일단 시간을 보내면 됩니다. 검찰에서 알아서 움직일 테니까 걱정하지 마시고 출근하시죠."

"허허, 참⋯⋯."

무태식은 머리를 긁적거렸다.

"이렇게 놀면서 돈 받을 줄 알았으면 아내한테 더 빨리 복직하라고 할 걸 그랬네요."

"그러고 보니 민시아 변호사님은 잘 지내시나요?"

"뭐, 이제 복직한다고 법 다시 공부하고 정신없죠."

"복직 설마 다른 곳으로 하는 건 아니죠?"

"설마요. 절 갈구기 위해서라도 새론으로 올 겁니다."

그렇게 말한 무태식이 살짝 목소리를 낮췄다.

두 사람은 이런저런 이야기를 하면서 건물로 들어갔다.

그리고 그 모습을 누군가가 차가운 시선으로 바라보고 있
었다.

⚖️

"어이가 없군."
검찰총장은 혀를 끌끌 찼다.
증거라고 가지고 온 게 볼펜과 라이터가 다다.
"이게 뭐야? 장난해?"
"그쪽에서 죄다 처리해 놔서……."
"그러니까 내가 빨리 처리하라고 했잖아!"
검사는 이를 악물었다.
'그건 네 사정이고.'
그의 입장에서는 절대 속 편한 사건이 아니다.
자신이 아무리 정치 검사지만 새론은 위험할 때 자신의 가
족들을 보호해 준 곳이었다.
물론 그게 대룡의 아파트라는 형태라지만, 그래도 가족들
은 그 덕분에 안전하게 보호받았다.
어떻게 보면 가족의 생명의 은인이다.
그래서 새론의 직원들이 빈정거릴 때 뭐라고 못 한 것이
다.
"총장님, 이렇게까지 해야 합니까? 어차피 레임덕 아닙니까?"

"레임덕이라고 해서 세상이 바뀌는 줄 알아? 어디 한번 네 인생 바꿔 볼까?"

총장은 부하의 말에 눈을 찌푸렸다.

"하지만 이건 너무한 것 같습니다."

"하아."

총장은 한숨을 푹 쉬었다.

"장규야."

"네."

"나라고 이러고 싶은 줄 아냐? 위에서 오더가 떨어진 이상 나도 방법이 없다. 너도 알다시피 나도 순장조다."

순장조. 정권이 끝나 갈 때 그 끝을 같이하는 사람들.

그들이 순장조라고 불리는 이유는 간단하다. 정권이 끝난 후 대부분은 그 끝이 좋지 않기 때문이다.

가령 검찰총장의 경우 그 끝이 어떨까? 정치인?

그렇게 되면 다행이다. 대부분은 그냥 변호사다.

물론 전관예우로 힘이 있는 변호사가 되겠지만, 기적이 일어나지 않는 이상 정치인은 되기 힘들다.

말 그대로 팽당하는 거다.

"그나마 살려면 권력에 기대야 한다."

그게 현실이다.

그리고 새론은 과거부터 부패에 관해서는 절대 용서가 없는 집단이었다. 그런 집단이 힘을 가지고 있으면 그 자신이 위험해진다.

"너무 깨끗한 물에도 물고기는 못 살아."

장규라고 불린 검사는 인정할 수밖에 없었다.

은혜는 은혜고 적은 적이다.

그 자신이 멀쩡하기 위해서는 어쩔 수 없이 새론을 밟아야
한다.

"확실하게 하겠습니다, 총장님."

"그래, 그래야지."

검찰총장은 어쩔 수 없다는 듯 말했다.

⚖️

"어쩔 수 없는 게 어디 있어요?"

노형진은 슬슬 채워져 가는 서류들을 보면서 말했다.

지난 며칠간 새론은 정상적으로 돌아갔다. 아니, 그렇게
보였다.

업무와 관련된 정보들이 다시 들어오고 업무가 진행되는
듯 보였다.

물론 이 모든 게 쇼라는 걸 검찰에서 알는지는 모르지만.

"슬슬 움직일 때가 된 것 같은데?"

노형진은 달력을 보면서 중얼거렸다.

요즘 뉴스에 나오는 이야기는 단 하나, 바로 새론이다.

언론에서 나오는 수준을 보면 새론은 나라를 팔아먹는 걸 넘어 거의 인류 멸망을 노리는 악당급이다.

"아주 그냥 자살하려고 작정한 놈들이 많네."

"그렇지요?"

노형진은 서류를 보면서 피식피식 웃었다.

김성식도 느긋하게 신문을 넘기며 말했다.

"이러다가 한번 당하기 시작하면 어떻게 될까?"

"글쎄요."

노형진은 어깨를 으쓱했다.

"아마 몇 명 다치는 정도로는 끝나지 않겠지요. 하지만 반대로 말하면, 그만큼 저쪽이 다급하다는 걸 의미하는 거죠."

"흠……."

김성식은 보던 신문을 내려놨다.

노형진이 해 준 말. 그게 계속 머리를 복잡하게 하고 있었다.

"진짜로 일본 스파이일까?"

"맞으니까 제가 이렇게까지 하는 겁니다."

"하긴…… 그렇겠지. 자네가 쓸데없이 싸우는 타입은 아니니까."

한숨을 푹 쉬는 김성식.

"하지만 가능하면 빨리 왔으면 좋겠는데."

"금방 올 겁니다. 언론에서 나오는 걸 보면요."

노형진이 그 말을 하는 찰나 인터폰이 울렸다.

"무슨 일인가?"

김성식이 받자 다급한 목소리가 흘러나왔다.

─대표님, 검찰에서 찾아왔습니다.

"검찰?"

─압수수색영장을 들고 왔습니다.

"역시, 그렇군."

노형진은 고개를 끄덕거렸다. 그리고 자리에서 일어났다.

"자, 그러면 손님맞이를 하러 가죠."

"그러지."

김성식과 노형진이 바깥으로 나갔을 때, 검사는 압수수색 영장을 흔들고 있었다.

"한 놈도 움직이지 마. 지금부터 여기 있는 모든 것을 압수한다!"

"저 사람 또 왔네."

"아주 너무 자주 봐서 정들겠다, 진짜."

툴툴거리면서 물러나는 직원들.

하지만 검사는 주변을 보면서 얼굴이 환해졌다.

지난번과 다르게 가득한 서류들이 그들을 반기고 있었기 때문이다.

"한번 피한다고 끝인 줄 알았냐? 야! 다 챙겨!"

"네!"

수사관들은 닥치는 대로 서류들을 모조리 챙기기 시작했다.

그리고 그걸 직원들은 그저 바라만 볼 뿐이었다.

"그건 사건 서류철인데."

"다 챙겨!"

관련 사건뿐만 아니라 개인이 뭘 먹은 영수증까지 싹 털어 가는 검사를 보면서 노형진이 슬쩍 만류했다.

"그렇게까지 하실 겁니까?"

"닥쳐, 범죄자 새끼가!"

"무죄 추정의 원칙 몰라요? 검사는 뇌물 주고 땄습니까?"

"큭! 말장난에 휩쓸리지 마. 모조리 싹 쓸어 담아."

진짜로 어마어마한 자료를 싹 쓸어 가는 사람들.

노형진은 그걸 보고 혀를 끌끌 찼다.

"후회하실 텐데."

"후회는 네놈이 하게 되겠지."

노형진은 어깨를 으쓱했다.

"서류 한 번이라도 읽어 보시고 가지고 가시죠. 중요 서류가 아니면 그냥 두고 가세요."

"닥쳐!"

검사는 자신이 있는 듯했다.

하긴 이 정도로 서류가 많으면 없는 죄도 만들어 낼 수 있는 게 검사다. 그런 만큼 무서운 게 없었다.

"새론 말고 다른 곳에 자리를 알아봐야 할 거야. 물론 교도소에서 나온 다음에 말이지, 후후후."

눈에 불을 켜고 서류를 챙겨 가는 검사를 보다가 노형진은 한숨을 쉬고 김성식을 돌아보았다.

"어떻습니까?"

"창피하군. 저런 걸 후배 검사라고……."

고개를 절레절레 흔드는 김성식.

"뭐, 세상이라는 게 그런 곳 아니겠습니까? 멀쩡한 검사라면 여기에 보내지 않겠지요."

"하긴 그렇겠지. 그나저나 이제 제대로 하와이행 전세기를 알아봐야 하는 거 아닐까?"

"그래야지요."

노형진은 당연하다는 듯 말했다.

"위로 여행은 다녀와야 할 테니까요."

다음 날부터 모든 언론은 미친 듯이 기사를 뿜어냈다.

검찰, 새론의 기밀 정보 압수
검찰, 새론에서 결정적 증거 찾아
타락한 법조인의 최후

이것이 법이다

새론의 유명 변호사 노형진과 연락 두절

뉴스를 보던 고연미는 옆에서 도시락을 까먹고 있는 노형진을 바라보았다.

"연락 두절되셨어요?"

"네? 무슨 말씀이세요?"

"노형진 변호사님 연락 두절이라는데요?"

"음?"

젓가락을 입에 물고 노형진은 자신의 핸드폰을 확인했다.

"부재 중 전화 없는데요."

"뭐, 그럴 줄 알았네요."

어깨를 으쓱하고는 다시 도시락을 까먹는 데 집중하는 고연미 변호사.

"그나저나 이쯤이면 떡밥은 충분히 던져 준 것 같은데."

"그렇지요?"

"그러면 언제쯤 기자회견을 할까요?"

"사흘쯤 뒤에 하죠. 아주 공식 기자회견으로 하죠. 생중계 되려나요?"

"힘들지 않을까요?"

"역시 인터넷 생중계밖에 방법이 없나? 공중파로 때려 버리면 게임 오버인데."

고연미는 고개를 끄덕거렸다.

"저쪽에서는 가능하면 생중계는 하지 않으려고 할 거예요. 노 변호사님한테 당한 게 어디 한두 번이어야 말이죠."

"왜 저한테 그러십니까? 검찰이 병신인 거지."

"노 변호사님 클래스에서나 그렇죠. 검찰쯤 되면 다른 사람 입장에서는 천재거든요!"

"그런가요? 제가 본 검찰은 대부분 병신인지라……. 하여간 생중계 준비 부탁드리겠습니다."

"네, 기대하세요. 아주 재미있게 해 드릴게요."

마지막 남은 반찬을 입에 넣은 고연미는 당당하게 말했다.

"그건 그거고, 식후 커피 빵 한 게임?"

"절 못 이기실 텐데요."

"제가 격투 게임계의 금손인 걸 꼭 증명하겠습니다, 호호호."

⚖

며칠 후 기자회견이 열렸다.

그리고 예상대로 기자회견은 공개방송은 안 되었다.

상관없다.

이미 인터넷에 기자회견을 한다고 소문을 내 났고, 인터넷에서는 많은 사람들이 그걸 보고 있었다.

"친애하는 기자 여러분."

고연미는 새론의 대변인으로서 무대에 올랐다.

"이번 새론에 대한 혐의는 모두 조작된 것입니다."

"그렇다면 그 증거는 어떻습니까?"

"새론에서 의뢰인들을 속이고 돈을 빼돌렸다는 결정적 증거가 나왔다는데요?"

"새론이 법조인으로서 양심을 버린 것에 대해 죄책감은 안 드십니까?"

누가 봐도 새론에 적대적인 질문이다.

이미 답은 나와 있었고, 언론은 그 답에 맞춰서 취재하는 중이니까.

'내가 무슨 답변을 하든 언론은 곡해해서 공개할 거야.'

그걸 이미 고연미 변호사는 알고 있었다.

노형진이 이야기했고, 지금까지 언론과 검찰에 당한 모든 사람들이 그랬다.

새론은 언론과도 사이가 좋은 편은 아니기에 새론이 공격받으면 당연히 벌어질 일이라는 것쯤은 알고 있었다.

"제가 여기에 나온 것은 변명하기 위해서가 아닙니다."

"그러면 기자회견을 한다는 것 자체가 또 다른 기망 행위 아닙니까?"

"또 다른 기망이라……."

고연미는 살짝 미소 지었다.

그리고 구석에 있는 사람들에게 손을 흔들었다.

"지금부터 여러분은 열여섯 시간짜리 초장편영화 하나를 보시겠습니다."

"열여섯 시간짜리 초장편영화?"

기자들이 상황을 이해하지 못하고 어리둥절한 사이에 사람들은 단상을 치우고 이동형 빔 프로젝터를 연결했다.

"좀 지겨울 거예요. 저도 지겹더라고요."

고연미는 의미심장한 말을 남기고 그곳에서 비켜 줬고, 곧 무대에 설치된 하얀 천으로 빛이 쏟아지기 시작했다.

"뭐야?"

그건 다름 아닌 새론 사무실의 영상이었다.

그런데 내용이 이상했다.

-이거 진짜 아무것도 없는데?

-야, 씨발. 볼펜밖에 없는 직원 서랍이라니? 이거 실화냐?

-장난해? 이걸 가지고 뭘 하라고?

기막혀하는 검찰 수사관들.

-시간이라도 보내. 이대로 가면 우리가 곤란하니까.

누군가의 말에 검찰 수사관뿐만 아니라 검사까지 시간 보내기에 돌입했다.

몇몇은 털 게 없을까 하고 잠시 더 수색을 하기도 했지만 이내 포기하고, 직원 의자를 빼앗아 앉아서 핸드폰 게임을 하거나 소파에 드러누워 자거나 심지어 바닥에 드러눕기도 했다.

－뭐 하는 겁니까? 가지고 갈 거 없으면 나가요.

　　직원이 뭐라고 하자 검사가 시큰둥하게 말했다.

－입 좀 닥쳐요. 지금 압수수색 중입니다.
－뭐요? 지금 농담해요? 아무것도 안 하잖아요?
－수색 종료는 우리 마음입니다.

　　아예 고개도 돌리지 않고 핸드폰만 바라보면서 대꾸하는 검찰.
　　그런 장면이 무려 열두 시간 동안 이어졌다.
　　보다 못한 고연미가 빨리 감기 하지 않았다면 하루 종일 봐도 안 끝났을 것이다.
　　그리고 마지막이 가관이었다.

－박스에 담아 가.
－고작 볼펜을요?

─뭐라도 담아 가야 할 거 아냐? 하다못해 빈 박스라도 들고 나가. 기자들이 기다리는데 기삿거리는 던져 줘야 하니까.

─알겠습니다.

박스에 들어가는 볼펜 몇 개 그리고 아예 빈 박스 몇 개.

검찰 측 직원들은 마치 그게 무거운 짐인 것처럼 낑낑거리면서 들고 나갔고, 잠시 후 밖에서 기자들의 플래시가 터지기 시작했다.

그 장면이 끝나자 기자들 사이에서는 침묵이 흘렀다.

"뭐요? 쉰 개분의 증거를 수집해요? 뭐, 박스 숫자는 쉰 개분이 맞는 것 같기는 하네요."

"저 영상은 뭡니까?"

"당연히 저희가 찍은 영상입니다. 아, 물론 이거 지극히 합법적인 촬영분인 거 아시죠?"

"……."

보통 압수수색을 한다고 하면 그 장면을 외부에 보여 주지는 않는다.

하지만 엄밀하게 말하면 압수수색의 영상의 소유권은 건물주, 즉 이번 경우에는 새론에 있다.

"조작된 거 아닙니까? 검찰이 저런다는 게 말이 안 되는데요!"

상황이 묘하게 돌아가는 듯하자 변명 아닌 변명을 하려고 하는 기자.

고연미는 미소 지었다.

"아, 물론 조작일 수도 있지요. 하지만 저기에 나온 검사들과 검찰청 직원들은 실존하는 분들입니다. 그런데 그분들을 동원해서 저런 영상을 찍었다? 그러면 그건 그것대로 문제 아닌가요? 검찰을 우리가 마음대로 움직일 수 있다는 건데, 어떻게 싸우시려고요?"

"크흠……."

조작일 수가 없는 화면.

더군다나 노형진이 미리 준비한 함정은 또 있었다.

"물론 너무 어이가 없어서 말을 못 하시겠지요."

고연미는 그렇게 말하면서 옆에 있던 종이를 꺼내 들었다.

"이게 뭔지 아시나요?"

"그건……."

"법적으로 압수수색을 통해 압류한 물품에 대해서 검찰은 그 목록을 만들어서 압수수색 대상에게 주도록 되어 있습니다. 증거가 아닐 경우 그걸 반환해야 하는데, 뭐가 있었는지 확실하게 해야 하거든요."

고연미는 그렇게 말하며 그 종이를 흔들었다.

"이 종이에는 그날 검찰이 가지고 간 물건이 적혀 있습니다."

보통 이런 종이에 적혀 있는 건 서류철 하나 또는 종이 몇

장 등이다.

그 때문에 검찰에서 압수수색해서 그 서류를 가져가더라도 그게 뭔지 알 수 없어서 압류 대상의 무죄를 증명할 증거로 쓸 수는 없다.

그걸 알기에 노형진은 미리 새론을 싹 비우고는 확실하게 존재를 드러낼 수 있는 물건만 남기도록 한 것이다.

그리고 그건 검찰이 무단으로 마음대로 조작할 수 있는 게 아니다. 압수 목록을 대상에게 고지하고 확인하는 절차가 있기 때문이다.

"이 목록에 따르면 그날 가지고 간 물건은 볼펜 백스무 자루, 일회용 라이터 다섯 개, 립스틱 두 개 그리고 생리대 한 봉이네요."

"……."

"제가 다시 한번 묻겠습니다. 쉰 개 박스분의 결정적 증거요?"

기자들은 헛기침을 했다.

그럴 수밖에 없다. 그날 가지고 온 서류 박스는 쉰 개가 맞았으니까.

하지만 내용물이 이따위라면 증거는 없었던 것이다.

"크흠…… 우리는 검찰이 불러 주는 대로 기사를 쓴 것뿐입니다."

누군가의 변명이 들렸다. 설마 이런 식으로 검찰이 당할 줄은 몰랐던 것이다.

하지만 이내 다른 기자가 강하게 항변했다.

"하지만 다음 압수수색에서 결정적 증거가 나왔다고 했습니다."

"아, 결정적 증거요."

고연미는 고개를 끄덕거렸다.

확실히 검찰은 2차 압수수색을 했다. 그리고 그때는 어마어마한 양의 서류를 가지고 갔다.

"그 부분에 대해서는 이미 서류를 준비해 놨습니다."

기자들은 그게 당연히 해명 자료라고 생각했다.

하지만 뒤에서 들어오는 수십 개의 박스들을 보고는 기가 막혔다.

"해명 자료치고는 좀 많은데요?"

"해명 자료 아닙니다. 그날 검찰에서 가지고 간 자료 전부입니다."

"자료 전부?"

"물론 원본은 모두 검찰에 있습니다. 여기에 있는 자료들은 모두 검찰 측에 열람 복사 신청을 통해 복사한 것들입니다. 당연히 검찰 측에서부터 원본 대조 필을 받았습니다. 혹시나 해서 말씀드리는데, 조작의 의심을 피하기 위해 그 장면도 녹화해 놨습니다. 물론 그걸 받아 갈지는 선택이지만요."

그 말이 이해가 가지 않았던 기자들은 눈치만 보았다.

하긴 증거를 모조리 검찰이 가지고 갔는데 그걸 다시 복사해 온다니?

'거기에 원본 대조 필을 찍어 주던 직원의 얼굴을 당신들이 봤어야 하는데 말이지.'

하지만 고연미는 안다. 지금 이 순간 그들의 표정도 그렇게 변할 거라는 걸.

"한번 읽어 보시죠."

"도대체 뭘 어떻게 했기에……."

누군가 서류 중 하나를 집어 들었다.

"이번 사건에 대한 분석 결과 역시 탕수육은 부먹이 진리?"

"뭔 소리야?"

"아니…… 진짜 그렇게 쓰여 있는데."

"뭐?"

그걸 받아서 본 기자는 어이가 없었다.

"진짜네?"

"뭐? 그게 진짜라고?"

기자들은 다급하게 서류를 하나씩 집어 들고 읽기 시작했다.

"부먹은 이단이며 찍먹이 진리라는데?"

"도대체 파인애플 피자 제조법은 누가 적어 둔 거야?"

"아니, 민트 초코가 맛있는 아이스크림 가게라니? 이건 또 뭐냐?"

"어머님이 짜장면을 싫어하신 거랑 치킨 소송이랑 뭔 관계야?"

아무리 봐도 재판 관련 기록은커녕 의미도 내용도 없는 온갖 잡설뿐이었다.

심지어 나중에는 쓰는 것도 귀찮았는지 페이지 시작부터 '가가가가가가'와 같은 식으로 붙여 넣기를 무한대로 한 것도 있었다.

"뭐야, 이게?"

"'뭐야, 이게?'가 아니라, 그게 검찰이 가지고 간 서류입니다. 아까 말했지요? 원본 대조 필했다고."

그 말은 검찰도 이게 지금 다 가짜라는 걸 알고 있다는 소리다.

애초에 노형진이 그들을 낚기 위해 만든 가짜 서류들이었다. 이 안에 들어 있는 것은 다 쓰레기일 뿐이다.

작전명 '나무야, 미안해'.

"검찰의 결정적 증거는 아무래도 검찰이 민트 초코를 싫어한다는 것인 것 같네요. 그게 얼마나 맛있는데."

어이없는 말장난에 다들 입을 열 수가 없었다.

그러니까 처음부터 끝까지 검찰은 노형진과 새론에 놀아난 것이다.

이 상황에서 결정적 증거가 나왔다? 그게 이상한 거다.

이 정도로 서류 조작해서 엿을 먹이려고 한 놈들이 결정적 증거를 현장에 둘 리가 없다.

"하지만 검찰 발표에 따르면 USB 메모리에서 사건에 관련된 모든 증거가 나왔다고……."

"네, 그건 맞습니다. 거기서 명확한 증거가 나왔지요."

기자들의 눈에 다시금 광기가 떠올랐다.

누군가 실수로 놓고 간 물건에서 증거가 나왔을 수도 있는 일이니까.

"검찰의 발표에 따르면 지엔유사의 64기가 USB에서 증거가 나왔으며 은색의 물건이라고 했다지요?"

"그렇습니다. 그걸 부정할 건 아니시죠? 아까 말씀하셨잖습니까, 검찰에서는 증거로 가지고 간 걸 줘야 한다고?"

"어디 보자, 확실히 같은 모델이 있기는 하네요."

고연미는 당연하다는 듯 2차 압류 목록을 꺼내서 확인했다.

"그러면 죄를 인정하시는 겁니까?"

"잠시만요."

그녀는 흥분하는 기자들을 진정시켰다.

"목록에 있다는 거지, 저희 죄를 인정하는 건 아닙니다."

"그게 무슨 말장난입니까?"

"음…… 이런 거죠."

그녀는 손가락을 딱 하고 튕겼다.

그러자 이제 다른 화면이 프로젝터에서 나오기 시작했다.

사람들이 모두 나간 회의실. 그 안으로 들어오는 검사.

그는 주변을 스윽 둘러보더니 주머니에서 뭔가를 꺼냈다.

그리고 책장 아래 좁은 공간에 밀어 넣고는 그곳을 떠났다.

고연미는 화면을 빨리 감기로 넘겼다. 그러자 제법 시간이 지난 후에 한 남자가 회의실로 들어오는 게 보였다.

다름 아닌 무태식 변호사였다.

그는 그 좁은 공간에 손가락을 넣고 그 물건을 꺼냈다.

그리고 그걸 카메라에 가까이 해서 보여 줬는데, 그건 다름 아닌 은색의 지엔유사 64기가 USB였다.

"어?"

"아직 영상 안 끝났습니다."

무태식은 그걸 꺼내서 컴퓨터에 꽂고 그 안에 저장된 자료를 화면에 띄웠다.

그게 기자회견장의 스크린에 그대로 나타나고 있었는데, 그건 검찰이 결정적 증거라고 내세운 증거와 글자 하나 다르지 않았다.

내용을 확인한 후 복제한 무태식은 조용히 그걸 제자리에 놔뒀고, 잠시 후 화면이 바뀌면서 아까 그 검사가 다시 회의실로 들어오는 게 보였다.

그리고 손을 넣어서 USB를 꺼내 회의실을 나가는 게 영상의 끝이었다.

영상을 끝까지 본 기자들 사이에서는 침묵이 흘렀다.

"명확한 증거라고 했지요? 이제 명확한 증거가 나왔네요. 검찰이 증거를 조작했다는 명확한 증거."

"……."

"지금이 쌍팔년도도 아니고, 1차 압수수색에서 증거를 심고 2차 압수수색에서 찾아낸다? 그거, 과거에 간첩 만들 때 쓰던 방법 아닙니까? 검찰이 이런 식으로 압수수색에서 증거를 조작한다면? 어떻게 검찰을 믿겠습니까? 이런 식이면 2차 압수수색까지 갈 이유가 없죠. 작은 메모리 카드를 주머니에 넣어 놨다가 압수수색할 때 슬쩍 밀어 넣는 것쯤은 누구나 할 수 있는 일이고, 그런 작은 것까지 일일이 기억하는 사람은 없으니까."

더군다나 압수 물품 목록은 이런 물건을 가지고 간다는 증명이다.

반대로 말하면 그 서류에 사인하는 순간 압수수색에서 가지고 간 물건이 증거가 된다는 건 확실하다.

"자기 집에 USB가 몇 개 있는지 아시는 분 계십니까?"

"……."

"다른 곳도 아니고 검찰이 로펌에 증거를 조작해요?"

코웃음을 치는 고연미.

"참 재미있네요. 그죠?"

기자들은 기사를 최대한 쓰지 않거나 축소하려고 했다.

하지만 그건 어디까지나 먹힐 때의 이야기다.

코리아 타임라인같이 노형진이 관리하는 곳은 통제가 불가능했고, 인터넷은 아예 생중계를 해 버렸기 때문에 이 정도 사건이 묻힐 수는 없었다.

검찰이 다른 곳도 아니고 로펌에 대해 증거를 조작한 초유의 사건이었다.

-검찰이 검찰 했네.

-미친 듯? 다른 곳도 아니고 변호사 사무실에서 증거 조작?

-새론 머리 좋은 거 보소. 다 준비해서 아주 도망갈 구멍을 모조리 틀어막아 놨네.

-그나저나 부먹이 이단이라니 어떤 놈이야? 먹을 줄 모르네.

-더러운 찍먹 놈들.

-새론이 인정했다. 민트 초코 맛있다.

-와, 새론 인성 보소.

장난으로 가득한 댓글도 있었지만 어느 쪽이든 답은 하나였다.

검찰은 믿을 수 없다.

검찰은 당황해서 사건을 수습하려고 했지만, 어떻게 할 방법이 없었다.

지금까지 누구도 압수수색을 하는 장면을 녹화해서 뿌릴 거라고는 생각도 못 했으니까.

그리고 그 파급력은 어마어마했다.

기존에는 속절없이 당하던 사람들이 이제는 압수수색과 동시에 촬영을 시작하고, 그걸 막으려고 하면 검찰이 증거를 조작하려고 한다면서 호들갑을 떨어 댄 것이다.

실제로 자기 집에서 자기가 촬영하는 것을 막을 수 있는 권한이 검찰에게는 없었고, 검찰은 말 그대로 코너로 몰리고 있었다.

그러나 노형진은 검찰을 그냥 그 정도에서 끝내 줄 생각이 없었다.

"어떻게 생각하십니까?"

노형진의 말을 들은 박용걸의 눈이 반짝거렸다.

노형진이 검찰에 심어 둔 간웅. 그게 바로 박용걸이다.

그는 검찰을 개혁한다고 공공연하게 말하면서 동료 검사를 고발했고, 검찰에서는 그를 자르지도 못하고 놔두지도 못하는 애매한 상황이었다.

자르자니 부패했다는 증거고, 놔두자니 내부의 폭탄이다.

그리고 노형진은 이번에 박용걸을 이용할 생각이었다.

그는 간웅. 그리고 간웅은 세상이 혼란할 때 힘을 발휘한다.

"제가 이번 사건에 관련된 검사들을 모두 조사하겠다고 기자회견을 하라?"

"네. 증거 조작 혐의는 아주 심각한 문제입니다. 당연히 검찰에서는 어떻게 해서든 덮으려고 할 겁니다."

"으음……."

"그 끝은 뻔하죠."

당연히 꼬리 자르기다.

촬영된 검사는 책임을 지고 사의를 표명하고, 검찰은 그를 대충 조사하는 척하다가 사람들이 잊어버릴 때쯤 흐지부지 넘겨 버릴 것이다.

"하지만 당신이 조사한다고 하면 이야기가 달라집니다."

그는 지금까지 여러 부패 검사를 날렸고 그 덕분에 적지 않은 돈을 벌었다.

그리고 이번 건은 크다. 무려 20억.

"박용걸 검사님이 조사하겠다고 기자회견을 하면 검찰은 미칠 겁니다."

다른 검사에게 맡겨서 사건을 덮자니 너무 속이 뻔하게 보이고, 그렇다고 그대로 놔두면 박용걸은 진짜로 털어 버릴 거다.

"외부에 이야기하지 말고 달라고 하는 건요?"

"주겠습니까?"

노형진은 말도 안 된다는 듯 말했고 박용걸은 고개를 끄덕거렸다. 줄 리가 없다.

"알겠습니다. 기자회견을 통해 제가 처리하도록 하지요. 그러면 제가 뭘 어떻게 해야 합니까?"

"간단합니다. 꼬리를 자르는 게 아니라, 꼬리가 아주 뒈지게 만들면 됩니다."

"꼬리가 뒈지게 만든다?"

"그렇습니다."

노형진은 미소 지으며 말했다.

"그러면 그 꼬리는 살아남기 위해 발악하기 시작할 겁니다, 후후후."

박용걸은 노형진의 말대로 당장 기자회견을 했다.

—저는 검찰의 개혁과 정화를 원하는 한 명의 평검사로서 이번 사건에 대해 비참한 마음을 감출 수가 없습니다. 또한 동시에 이 사건이 이대로 진행될 경우, 과거의 많은 사건들처럼 어둠 속으로 사라질 거라 생각합니다. 이에 저는 검찰이 이 사건을 저에게 할당해 주시기를 원합니다. 저는 개혁을 위해 이 사건을 조사할 것입니다. 설사 검사부에서 이 사건을 할당하지 않는다고 하더라도 개인적으로 이 사건을 추적하고자 합니다. 현실적으로 이러한 행동을 저지른 검사가이번 한 번만 했으리라는 법은 없으므로 이번 새론 사건에 휘말린 총여섯 명의 검사들에게 조사받은 분들 중에서 억울하게 당했다고 생

각하시는 분들은 연락 주십시오. 이번 사건이 아니라고 하더라도 부패한 검사에 대한 처벌은 제가 목숨을 걸고 이룩해 내겠습니다.

박용걸의 기자회견. 그리고 그걸 본 홍안수는 분노로 부들부들 떨었다.

"저놈 뭐야!"

"박용걸이라고 합니다. 완전히 꼴통입니다. 통제가 안 되는 검사입니다."

"그러면 자르든가, 아니면 지방으로 보내든가!"

"그게…… 지방으로 좌천했는데 그곳에서 동료 검사 세 명과 검사장 한 명의 뒤를 캐서 감옥에 보냈습니다."

"뭐? 미친놈 아냐?"

"미친놈입니다. 그런데 대중에게는 검찰 내부에서 저항하는 거의 유일한 검사로 보이기 때문에 섣불리 자를 수가 없습니다."

물론 자르려는 시도는 있었다.

하지만 그를 자르려고 할 때마다 그가 선빵을 쳐서 영혼까지 탈탈 털어 냈다.

당연히 그 정보원은 노형진과 정보길드였고, 건드리면 뒈진다는 이미지가 만들어지자 누구도 박용걸을 건드리지 못하게 되었다.

"당장 좌천시켜!"

"그게…… 지금은 상황이 안 좋습니다, 각하. 만일 여기서 그가 좌천되면 대놓고 검찰에서 사건을 은폐한다는 이야기가 나올 겁니다. 더군다나 저런 놈이 한두 명이 아닌지라……."

"뭐?"

"평검사 중에서 승진 가능성이 없는 검사들이 국민정치참여재단의 포상금을 노리고 똑같은 포지션을 취하고 있습니다."

"망할! 그놈들 때문에 되는 게 없어!"

국민정치참여재단, 속칭 국민 브로커가 생긴 후 정치자금의 흐름이 바뀌었다.

과거처럼 국회의원이 아니라 정책으로 넘어갔다.

그리고 과거처럼 해 달라고 정치자금을 주는 게 아니라 그게 완성되어야 주는 방식으로 바뀌어 버리니, 정치자금을 받기 위해 정치인들이 국민들의 눈치를 보는 황당한 상황이 되어 버렸다.

물론 그들에게나 황당한 거지, 보통은 그게 정상이겠지만 말이다.

"그러면 이 미친놈을 통제할 수가 없다는 거야?"

"이놈을 통제한다고 해도 여론이……."

박용걸을 손댄다는 것은 대놓고 여론을 통제한다는 거다.

"무조건 통제해!"

"하지만 각하!"

"그러면 저놈이 뒤를 캐게 그냥 둘 거야!"

"걱정하지 마십시오, 각하! 각하는 절대 안전합니다. 고작 평검사 하나일 뿐입니다."

국정원장은 홍안수를 진정시키기 위해 노력했다.

홍안수는 가까스로 흥분을 가라앉히고 그를 쳐다보았다.

"내가 뒤가 시끄러운 거 싫어하는 거 알지?"

"알겠습니다."

국정원장은 고개를 숙였다.

하지만 상황은 그가 생각하는 것보다 심각했다.

⚖

"박용걸이, 너 이럴래?"

"아니, 범죄자가 어따 대고 검사한테 반말 찍찍이야?"

"야!"

박용걸의 첫 번째 수사 대상은 당연히 증거를 조작했던 검사였다.

"내가 네 선배야, 이 새끼야!"

"지랄하네. 증거 조작하는 새끼가 무슨 선배 노릇은?"

박용걸은 피식 웃었다.

"네가 그런다고 상황이 나아질 것 같냐?"

"씨발, 이 새끼가! 미쳤나? 불러서 와 줬더니, 뭐?"

너무나 당연하게도 검찰에서는 박용걸에게 해당 사건과 검사에 대한 수사권을 주지 않았다. 결국 그는 알아서 조사하는 수밖에 없는 상황이 되고 말았다.

　"너 지금 인기 좀 있다고 눈에 뵈는 게 없냐?"

　그나마 검사가 여기에 온 것은 박용걸과 협상해 볼까 하는 마음에서였지, 영장이 나온 것도 아니다.

　애초에 영장이 나올 수가 없다.

　일단 박용걸이 담당 수사관이 아니니까.

　"재주껏 지랄해 봐라."

　결국 자리에서 일어나는 검사.

　하지만 막 나가려고 하던 그는 들어오는 사람을 보고 그대로 얼어붙었다.

　"넌?"

　"오, 마침 오시네? 아는 사이지?"

　이죽거리는 박용걸.

　사실 아는 사이일 수밖에 없다. 지금 들어오는 이의 사건을 담당한 검사였으니까.

　"사건 보니까 아주 재미있더라, 이 새끼야."

　재미있을 수밖에 없다.

　"증언 들어 보니까 아주 협박을 하셨데?"

　사건 자체는 간단했다.

　피해자는 월급을 못 받았는데 가해자는 돈을 주기 싫었다.

그래서 피해자가 고소하자, 검사는 그를 불러다가 소를 취하하지 않으면 무고죄와 공갈 협박으로 감옥에 보내겠다고 협박해서 사건을 무마해 주는 조건으로 500만 원을 받았다.

"그, 그건……."

"증거까지 조작하는 분이시니 이게 지금 무슨 상황인지 알지?"

지금까지 했던 모든 사건들.

그중에서 미심쩍은 사건들에 대해 이제 재심이 몰려들 테고, 그들은 그가 한 증거 조작 내역을 증거 삼아 내밀 것이다.

그리고 그 와중에 그를 고발하는 것은 당연한 일이다.

그러지 않으면 제대로 된 조사가 이루어지지 않을 테니까.

"사건이 몇 개였지? 2천 개? 3천 개?"

박용걸은 아주 신이 나 있었다.

그럴 만하다. 저놈만 감방에 보낼 수 있으면 지금 다 때려치워도 먹고살 만한 돈이 들어온다.

"후장 잘 닦고 있어라, 이 새끼야."

박용걸의 말에 선배 검사는 손을 부들부들 떨기 시작했다.

⚖

"사건이 애매해지는군."

유민택은 수사가 지지부진해지는 걸 보고 탄성을 질렀다.

이것이 법이다

"애매해지지요."

검찰은 새론을 족치기 위해 검사들의 팀을 짜서 몰아붙였다.

그런데 증거를 조작했고, 노형진과 새론은 그걸 가지고 그들을 고발했다.

"그러면 그 검사들을 사건에 동원할 수가 없게 됩니다."

그들은 직접적으로 새론과 소송 중인 관계인이 된다.

검찰의 내부 규칙상 그런 경우에는 새론이 기피 신청을 할 수 있다. 그리고 검찰은 이 기피 신청을 받아들여야 한다.

거부할 수는 없다.

소송 당사자가 상대방을 조사한다는 건 법리적으로 말이 안 되기 때문이다.

"그리고 지금 상황에서는 검사들이 꼬리를 말고 있으니까요."

새론이 만만한 대상도 아니고, 벌써 한번 검사들에게 엿을 먹였다.

그런 만큼 하고자 나서는 검사가 별로 없다.

물론 이기면 지지를 받아서 승진할 수 있겠지만…….

"이미 그들의 목에는 현상금이 걸렸으니까요."

새론 사건과 관련해서 검사들의 비위 사실이나 범죄 사실의 증거를 가지고 오는 사람에게 최고 20억의 보상금.

그게 국민정치참여재단, 즉 국민 브로커에 공식적으로 올라가 있다.

그리고 정보길드 역시 해당 검사들의 비리와 그 가족의 비리를 제보하는 사람에게 돈을 주겠다고 하는 상황.

운이 좋아서 이겨 봐야 승진 정도겠지만 운이 나빠서 뭐라도 하나 걸리면 인생 종 치는 거다.

"결국 검사들도 실무진이 있어야 하거든요."

검찰총장이 누구를 죽이라고 할 때 그가 직접 조사할까?

아니다. 당연히 다른 검사에게 시킨다.

그러나 이권에 밝은 검사일수록 이런 미친 짓을 하려고 하지는 않을 것이다.

"이미 검찰 내부에서는 온갖 핑계로 도망 다니고 있다고 하더군요. 사건 담당으로 발령을 내니까 갑자기 휴직계를 내는 사람도 있다고 하고요."

"그리고 우리도 말이지."

유민택은 빙긋 웃었다.

사실 검찰이 수사한다고 하면 그 대상에는 당연히 유민택과 대룡도 들어간다.

"하지만 이제는 찍소리도 못 하더군."

"이미 국민들에게 가루가 되도록 까이고 있는 상황이니까요."

대룡은 얼마 전 기자회견을 통해 한국에 있는 토지와 건물을 담보로 마이스터에서 10억 달러, 즉 한화로 1조 1천억 원

정도를 빌리는 계약을 했다.

당연히 추가 계약도 가능하며, 각 나라들과 협상을 시작한다는 발표도 했다.

실제로 다른 나라에서는 눈에 불을 켜고 있는 상황이었다.

당장 대룡은 한국에서도 대기업인데 한국은 세계적인 산업 강국이다.

특히나 대룡은 노형진과 함께 미국의 의료계를 털어먹고 인디언 보호구역 내 병원에 막대한 투자를 통해 어마어마한 이익을 실현했다.

그래서 타국에서는 어떻게 해서든 대룡을 데리고 가려고 하는 중이었다.

"그쪽에는 미안하지만 말이지."

"그래서 뭐랍니까?"

"뭐, 하루하루 심심하지."

물론 정상적인 경우라면 심심할 수가 없다.

대룡이 이전을 결정하고 대출까지 확정하고 나자 정치인에서부터 장관까지 매일같이 찾아와서 만나기를 빌고 있기 때문이다.

하지만 유민택은 절대 아무도 만나 주지 않았다.

아직 저들에게는 대룡이 똘끼가 있는 것으로 보여야 한다.

"검사들이 나에 대해 조사를 해? 그랬다가는 우리 직원들에게 맞아 죽을 거야."

유민택에게 소환장이라도 하나 보내는 순간 검찰은 가루가 되는 것 정도로는 끝나지 않을 것이다.

아마도 거의 100%, 그렇게 지키고 싶었던 수사 지휘권을 경찰에 빼앗길 게 뻔하다.

"그러면 검찰은 일단 정리된 건가?"

"일단은 그렇지요."

국가에서 누군가를 죽일 때 가장 강력한 무기는 당연히 검찰이다.

그러나 검찰은 이미 증거를 조작한 사실이 밝혀졌다.

언론?

아무리 언론이 사건을 조작하려고 하고 입에 걸레를 물고 헛소리를 한다고 한들, 검사가 증거를 조작하는 게 밝혀진 이상 국민들이 그걸 믿어 줄 리가 없다.

"그런데 어떻게 안 건가, 증거를 조작할 거라는 걸?"

"뭐, 검찰에서는 흔하게 쓰는 수법이니까요. 아시지 않습니까?"

검찰과 언론이 붙어먹었을 때 검찰은 일단 범죄 의심 사실을 공개하고 언론은 그 건에 대해 대대적으로 떠든다.

추후에 반론 증거가 나오거나 무죄가 나와도 언론에서는 결코 떠들지 않는다.

"누군가를 죽일 때 가장 흔하게 쓰는 방법이지요."

노형진은 그걸 알기에 막기 위해 치밀하게 준비했다.

"다른 변호사들은 그렇게 못 하던데."

"웃긴 거죠. 변호사들 대부분이 자기들이 대단한 사람이라고 생각하거든요."

사실 이런 증거물 압수 목록 같은 걸 공개하는 건 불법도 아니다.

하지만 언제부터인가 변호사들은 자기들이 사회적으로 상류층이라고 생각해서 같은 상류층이라고 생각하는 기자들과 교류할 뿐, 인터넷이라는 누구나 다 접근하는 곳에 채널을 만들거나 그걸 이용할 생각은 못 한다.

"수준이 낮다고 생각하는 거죠."

물론 이건 웃긴 일이다.

이미 방송국은 그 많은 프로그램을 만들지만 적자이고, 단한 사람의 영상 제작자가 100억대 이상의 수익을 올리고 있다.

"그런데 아무리 거국적인 사건이라고 해도 변호사들의 창구는 언제나 기자들뿐입니다. 웃긴 일이지요. 기자들이 목을 졸라서 죽이려고 하는데 그들을 창구로 쓰려고 하니."

노형진은 혀를 끌끌 찼다.

"일단 검찰은 길들여 놨고 국세청도 꼼짝 못 하게 되었으니, 남은 건 기자들을 길들이는 거군요."

"하지만 그게 가능하겠나?"

노형진의 말에 유민택은 우려 섞인 표정으로 말했다.

대한민국이라는 나라가 생기고 독재 정권 이후에, 기자는 무소불위의 권력을 가진 집단이 되었다.

심지어 어떤 면에서는 대통령보다도 더 강한 권력을 가진 게 바로 기자라는 집단이었다.

그 권력이 어느 정도냐면, 얼마 전까지만 해도 기자들이 신인 걸 그룹이 데뷔하면 일단 룸살롱으로 부르는 게 거의 관행화되어 있었다.

노형진이 엔터테인먼트조합을 만들고 그들을 족치면서 막혔지만 말이다.

"오랫동안 참아 왔지요."

노형진은 빙긋 웃었다.

"전 우라까이를 족칠 겁니다, 후후후."

우라까이.

기자들의 세계에서 기사 베끼기의 속어다.

쉽게 말해서 누군가 뉴스를 내면 그걸 복제해서 퍼트리는 걸 기자들 사이에서는 우라까이라고 한다.

"그리고 우리나라 언론의 가장 큰 문제 중 하나가 바로 우라까이입니다."

노형진은 새론의 회의실에 모두를 모아 두고 회의를 하고 있었다.

아무리 계획된 싸움이 있다지만 대상은 대한민국 언론이다.

"저는 이해가 안 가는데요."

고연미가 손을 들고 질문을 했다.

"너무 당연한 일 아닌가요?"

"너무 당연한 일이죠. 그런데 엄밀하게 말하면 말입니다, 우라까이는 불법이죠. 서로 알음알음 묵인하고 있지만."

"불법이라고요?"

"네. 저작권이라는 게 엄연히 살아 있으니까요."

"하긴 그건 그러네요. 기사에도 저작권은 있지요."

다만 대부분의 기자들은 그걸 행사하지 않는다.

기사의 파급력은 당연히 그게 널리 알려질수록 강해지고, 그 자체가 권력이니까.

"아마 고연미 변호사님은 우라까이가 어떤 식으로 퍼지는지 누구보다 잘 아실 겁니다."

"맞아요. 그렇지요."

고개를 끄덕거리는 고연미.

"한번 퍼지기 시작하면 아주 그냥 독버섯처럼 퍼지죠."

가령 연예인 누가 열애를 한다고 뉴스가 나오면?

일단 첫 번째 집단이 단독 또는 속보라는 식으로 보도를 한다.

그 후에 그 기사를 베끼다시피 한 형태로 다른 언론사가 추가 보도를 한다.

첫 번째 언론사에서 터졌을 때는 부정이라도 해 보고 상황이라도 수습해 보는데, 이게 우라까이 상태로 들어가면 통제가 안 된다.

한국에 있는 공식적인 언론사만 백 개가 넘는데 그들에게 다 전화해서 해명하는 건 불가능하기 때문이다.

결국 기자회견 등을 통해 해명해야 하는데, 이미 그때쯤 되면 국민들은 그걸 다 알고 있고 해명한다고 해서 믿어 주는 사람은 없다.

가령 배우끼리 열애설이 터져 그 열애설의 대상이 된 여자 배우가 남자 배우 측의 팬들에게 공격당하고 그 후에 강제로 방송에서 하차당했다.

그런데 나중에 알고 보니 열애는커녕 서로 만나 본 적도 없는 사이라고 해도, 언론사는 피해를 복구하는 데 관심이 없다.

"그런 식으로 인생이 끝난 배우들 많죠."

예시가 열애설일 뿐 그런 위험은 어마어마하게 많다.

당장 남자 배우는 노인이 돈을 노리고 먼저 폭행을 시작했는데 반격했다는 이유로, 언론에서 'A 배우 70대 노인 폭행'이라는 식으로 기사를 쓰는 바람에 방송이 몇 년을 끊겨야 했다.

"맞습니다. 그게 우라까이의 전형적인 방식이죠."

"그렇지."

김성식도 안다는 듯 고개를 끄덕거렸다.

"현실적으로 우라까이를 막을 방법은 없지. 우리도 지금

열나게 까이고 있고."

그렇게 인터넷에서 공개했음에도 불구하고 언론사들은 오더를 받고 여전히 우라까이를 계속하고 있다.

이쪽의 대응이나 답변?

그런 건 하고 있지만 기사화시켜 주지 않는다.

"저는 그 부분에 대해 대응법이 잘못되었다고 생각합니다."

"대응법이 잘못되었다?"

"지금까지 우리가 소송할 때 언론에서 잘못된 정보를 제공하면 대응책은 어떤 거였나요?"

"당연히 소송하고 손해배상을 청구하고 교정 기사를 내보내도록 하는 거지요?"

무태식은 당연하다는 듯 말했다.

그건 변호사들에게는 가장 기본적인 전략이다.

"그런데 저는 그 전략이 잘못되어 있다고 생각합니다. 그게 무슨 의미가 있지요?"

"아무런 의미가 없다고요?"

"네. 우리가 싸우는 대상이 잘못되었으니까요."

"으음, 뭐가 잘못되었다는 건가? 그 기사를 쓴 기자를 대상으로 소송하는 건 당연한 거네만."

"맞습니다. 하지만 그게 의뢰인에게 어떤 도움이 되었나요?"

사실 그건 거의 도움이 안 된다.

좀 독하게 말하면, 그러한 행동을 해서 이겨도 거의 정신 승리에 가까울 뿐 문제가 해결되지는 않는다.

"그 이유가 바로 우라까이입니다."

최초의 기사를 쓴 사람에게 소송해서 이기고 손해배상 받고 해당 언론사를 통해 그 뉴스의 정정 기사를 낸다.

그러고 나면?

변하는 게 없다.

대부분의 사람들은 해당 뉴스보다는 우라까이 기사에서 더 많은 정보를 얻는다.

속보나 독점이라는 게 다른 언론사보다 빠르고 정보를 독점한다는 느낌이 있기는 하지만, 사실 현대에 와서는 의미가 없다.

왜냐하면 한 곳에서 속보나 독점이라고 기사를 내는 순간 10분 안에 우라까이 된 기사가 퍼지기 시작하니까.

"과거처럼 언론사 하나에서 신문으로 때리고 텔레비전에서도 고정된 9시 뉴스 등으로 때리는 경우는 진짜 독점이나 속보의 효과가 크지요."

하지만 지금은 아니다.

우라까이가 퍼지는 데 10분? 그나마도 그건 양심적인 거다.

요즘은 아예 기사를 쓰는 프로그램이 있어서, 단어 몇 개만 넣으면 프로그램이 기사를 써 주기도 한다.

어떤 경우에는 제목에 열애설이라고 써 놓고 정작 본문은 전혀 다르기도 하다.

"하긴 그래요. 요즘 발로 뛰는 기자는 거의 없지요."

그냥 눈이 벌게진 채로 인터넷이나 뒤져서 적당한 뉴스나 찾아 우라까이 하는 게 현대 기자들의 한계다.

"그런데 우리가 소송에 이겨서 그걸 수정하라고 요구하는 것은 최초 기사를 쓴 기자에 한하지요."

전형적인 옛날 마인드다.

복제하는 놈들이 깔렸는데 오리지널만 때려 봐야 무슨 소용이 있겠는가?

우라까이를 한 기자들이 그 내용을 기사화해 줄까?

그 정정 기사를 전면에 내 줄까?

아니면 반성의 기사를 내 줄까?

그럴 리가 없다. 그들은 모른 척한다.

그리고 그걸로 끝이다.

"현대에 한 언론에서 정보를 얻는 비율은 아무리 높게 잡아 봐야 5%입니다. 그런데 그 해명 자료는 최초의 언론사와 기자에게만 집중됩니다. 나머지 95%의 사람들은 그걸 전혀 모르거나 접할 기회조차 없지요."

"그건 그렇지요."

무태식은 고개를 끄덕거렸다.

그도 언론을 많이 겪어 봤지만 노형진의 말대로 요즘은 대부분 신문이 아니라 인터넷을 통해 정보를 받아들이기에, 언론사 한 곳에서 나오는 정정 보도는 거의 효과를 발휘하지 못한다.

하지만 법은 여전히 과거에 머물러 있기 때문에 새로운 시대에 적응하지 못하는 상황.

"더군다나 이런 우라까이 기사들이 난립하다 보니 기자의 질도 떨어지죠."

고연미는 질려 버렸다는 듯 말했다.

"아주 답이 없다니까요."

"어떻게 보면 당연한 일입니다."

도리어 군사정권 아래에서는 고문받아 가면서 기사를 쓰는 기자들도 있었고 양심에 못 이겨 절필하는 기자들도 있었다.

하지만 시대가 바뀌자 상황이 바뀌었다.

우라까이만 해도 기자라고 뇌물 주고 돈 주고 하다 보니 온갖 쓰레기들이 나도 기자나 해 볼까 하고 몰려들었고, 그들은 양심과 신념으로 기자가 되는 게 아니라 돈 주고 입사해서 우라까이로 양이나 채운다.

정작 이 악물고 탐사 보도하는 사람들에게는 지원도 없고, 그렇게 죽어라 1년 걸려 만들어 낸 기사를 우라까이 기자들은 10분 만에 베껴 버린다.

이것이 법이다

과거처럼 진실을 탐구한다는 개념도 없다.

그렇다 보니 진이 빠진 진짜 기자들은 절필하고, 이제 언론에 남은 것은 자극적 소재와 무한대의 우라까이뿐이다.

"소송하고 싶어도 그게 힘들죠."

어찌 되었건 기자로서 쓴 것이기에 직원으로서의 업무고, 그래서 그 기사에 대한 권한은 언론사에 있다.

즉 그걸 저작권 위반으로 고소하려면 언론사에 해야 하는데, 언론사 입장에서도 우라까이 기자가 백 명이고 탐사 보도는 한 명인데 만일 탐사 보도 기자를 위해 소송하게 되면 우라까이 기자 백 명이 기사를 못 베끼게 되는지라 모른 척하는 게 일상이다.

"사실상 탐사 전문 언론은 제가 관리하는 코리아 타임라인뿐이죠."

"하지만 코리아 타임라인도 우라까이 기사들을 통제 안 하잖아요."

"내부적으로는 하지 못하게 되어 있습니다만, 외부적으로는 막지 않는 게 사실입니다. 사회적 문제를 다루는 언론사 입장에서는 이름이 널리 퍼져야 효과가 좋으니까요."

"뭐, 지금 언론 상황이야 모르는 사람이 없지. 하지만 그 우라까이 기사를 어떻게 막을 건가?"

"당연히 소송과 압류입니다."

"소송과 압류로?"

"그렇습니다. 우리가 노릴 부분은 위법성조각사유입니다."

위법성조각사유는 쉽게 말해서 그게 기본적으로 불법이기는 하지만 어떠한 사유로 그러한 위법성이 조각, 즉 사라짐으로써 처벌을 받지 않을 수 있는 조건을 말한다.

언론의자유를 보호하는 첫 번째 원칙이며, 또한 언론에서 자기들을 보호할 때 언제나 이용해 먹는 대사이기도 하다.

"그런데 우리가 언제 한 번이라도 우라까이 기사의 위법성조각사유를 따진 적이 있던가요?"

"당연히…… 없네요?"

고연미는 아차 싶었다.

지금까지는 당연히 그 첫 번째 기자에 대해서만 소송해 왔다. 우라까이 기자들에게는 단 한 번도 소송해 본 일이 없다.

하고자 한다면 일이 너무 커진다.

우라까이를 하는 기자는 천 단위가 넘어가기 때문이다.

특수한 경우, 가령 이번처럼 정부에서 누군가를 죽이기 위해 오더를 내릴 때는 최대 10만도 넘어가는 게 우라까이다.

"아까도 말했다시피 결국 언론의 책임은 같습니다. 하지만 우리는 과거의 규칙에 매여서 최초 기자에게만 소송을 걸지요."

노형진은 그 부분에서 테이블을 '탕!' 하고 내리쳤다.

"우리는 방법을 바꿉니다. 우리가 노리는 것은 최초의 기자가 아니라 우라까이 기사를 쓴 기자들입니다."

대한민국의 썩은 언론에 최악의 악몽이 드리워지는 순간 이었다.

⚖️

언론은 세상을 고발하는 역할을 해야 한다.

당연히 그걸 불편하게 생각하며 고발을 막으려고 하는 자 들이 있다.

바로 그때 언론이 가진 무기는 두 가지다.

첫 번째, 그 기사가 공익을 위한 것일 것.

두 번째, 그 기사가 진실이거나, 진실이라고 확신할 수 있 는 확실한 정보가 있을 것. 즉, 누가 봐도 진실이라고 생각할 만한 것.

이 경우 언론의 위법성조각사유가 성립되어 처벌이 면제 된다.

그러나 지금까지 언론은 그걸 사람을 죽이는 데 써 왔다.

"친애하는 재판장님, 이번 사건에서 피고 측은 원고 측에 대해 불법적으로 무려 3,122회에 걸쳐서 부당한 기사를 제공 함으로써 원고 측에 막대한 피해를 입혔습니다."

노형진은 당연히 해당 언론사에 대해 고소와 고발을 했다.

그 첫 번째 대상은 다름 아닌 백상일보. 현 정권과 아주 긴

밀한 언론사였다.

당연히 그들은 새론에 대해 온갖 음해성 기사를 뽑아냈는데, 그 숫자가 무려 3,122회다. 아무리 종이가 아니라 인터넷 기사라고 해도 무시할 수 없는 수준이다.

"상식적으로 사건이 발생한 후 단 며칠 사이에 3천 건이 넘는 기사를 뽑아낸다는 게 가능한 일입니까? 이는 명백하게 피고 측이 원고 측에게 사회적 이미지 손상과 금전적 피해를 입힐 목적으로 한 행동입니다."

노형진의 공격이 시작되자 각 언론사들은 난리가 났다.

아무리 정부의 오더를 받았다고 하더라도 노형진은 무서운 대상이다.

지난번에도 한번 노형진을 건드리려다가 일이 틀어졌는데, 이번에는 그래도 홍안수가 직접 손을 쓴다고 해서 기대하고 거기에 탑승한 것이다.

하지만 직접 손을 쓰기는커녕, 검찰은 개쪽이란 개쪽은 다 팔리고 조작 검찰이라는 불명예에 내부에서는 관련된 검사의 사건 전부를 뒤집는 배신자까지 나타나면서 공포감이 언론사에도 퍼졌고, 당연히 언론사에서는 최선을 다해서 사건을 막으려고 했다.

"재판장님, 현 사건은 그렇게 간단한 사건이 아닙니다. 법무 법인 새론은……."

"원고입니다, 원고."

"아…… 정정하겠습니다. 원고 측은 의뢰인을 기망하고, 그러한 기망 행위를 통해 막대한 수익을 창출하는 방식으로 법조계를 오염시키고 변호사들의 명예를 실추시켰습니다. 이에 피고는 그러한 행동에 대해 사회적으로 알릴 책임을 느끼고 해당 사실을 기사화한 것에 지나지 않습니다."

상대방 변호사의 반격이다.

너무나 원론적이고 너무나 뻔한 변론이다.

하긴 지금까지는 저 말 한마디면 모든 재판에서 다 이겼을 것이다.

'하지만 이번에는 상황이 좀 다르단 말이지.'

이번에 고소가 들어간 사건은 우라까이 기사, 즉 보고 베낀 기사들에 관한 것이다.

그렇다면 저들의 논리에 허점이 나타날 수밖에 없다.

"그렇다면 피고 측 변호인, 고발을 한 사람들은 만나 보셨습니까?"

"무슨 말입니까?"

"그러니까 저희를 고발한 그 피해자와 인터뷰를 하거나, 저희가 기망 행위를 통해 막대한 부당이득을 얻었다는 증거를 보신 적이 있습니까?"

"그 증거는…… 여기 다수의 언론사의 기사들이……."

"뭔가 오해하시는 것 같은데요. 그 해당 언론사의 기사들은 모두 다 저희 쪽에서 부당 모욕으로 고소한 건입니다. 그런데 명확한 증거가 있느냔 말입니다."

　법리상 위법성조각사유는 절대 혼자서 성립되지 못한다.

　즉, 공공의 이익이라는 것만을 가지고도 작동하지 않으며 반대로 진실만을 가지고도 성립되지 않는다.

　가령 공공의 이익만으로 성립될 경우, 이 사람이 위험한 사람이라고 판단되면 가짜로 증거를 조작하고 사건을 만들어서 처벌할 수 있게 된다.

　연쇄살인범이 세 명을 죽였는데 언론에서 한 서른 명쯤 죽였다고 해 버리면 안 된다. 당연히 진실이 기반되어야 한다.

　반대로 진실만으로 작동될 수도 없다.

　누군가 과거에는 범죄자였으나 깨끗하게 마음을 정리하고 살고 있는데, 주변을 돌아다니면서 그가 과거에 범죄자였다고 떠들고 다니는 것은 진실에 기반하기는 하지만 공공의 이익과는 하등 관련이 없다.

　'당연히 두 가지 다 해당되어야 하지.'

　여기서 문제가 생긴다.

　저들은 우라까이를 통해 기사들을 자기 복제했다.

　당연히 그 사건의 당사자나 증거를 본 적은 없다.

　"그러면 저게 진실이라는 증거는 어디에 있습니까?"

　"그건……."

　"피고 측, 그걸 증명하기 위한 언론의 증언의 녹취록이나 증거 기록 말입니다."

이것이 법이다

"그건……."

'있을 리가 없지.'

우라까이로 복제한 기사들에 그런 게 있을 리가 없다.

당연히 그 기사의 신빙성에 문제가 생긴다.

"그 기사들은 모두……."

"그러니까 3천 건에 달하는 기사들에 관해 위법성조각사유의 기본이 되는 증거를 제출해 주시기 바랍니다."

"그건 다른 언론사의 뉴스를 보고……."

"그러니까 다른 언론사의 뉴스를 보고 베낀 거라고요?"

"아닙니다."

"그러면 자료는요?"

"……."

아니라고 하자니 자료 따위는 없고, 베꼈다고 하자니 법리적으로 문제가 생길 게 뻔하게 보인다.

상대방 변호사는 당혹감을 감추지 못했다.

'젠장, 어쩐지 우라까이만 걸고넘어지더라니.'

지금까지 우라까이는 묵인하고 그냥 넘어가는 게 기본이었다. 그런데 난데없이 우라까이를 한 모든 기자들을 걸고넘어지기에 뭔 짓인가 했다.

"재판장님, 기자의 기본이 뭐라고 생각하십니까? 저는 당연히 진실성이라고 생각합니다. 기사를 쓸 수는 있습니다. 하지만 그 기사와 관련하여 최소한의 확인 절차를 거치는 건 너무나 당연한 일이라고 생각합니다."

노형진은 답하지 못하는 피고 측 변호사를 대신해서 앞으로 나섰다.

"피고 측은 저희 새론에 해당 사건과 관련해서 단 한 통의 전화도 하지 않았습니다. 그저 다른 언론사에서 뿌린 기사를 무한 복제하면서 증거도 없는 뉴스를 생산해 낼 뿐이었습니다."

노형진은 그렇게 이야기하면서 새로운 자료를 내밀었다.

"재판장님, 여기에 그러한 무한 복제의 결말이 나와 있습니다. 과거의 만두 파동. 기자와 경찰이 만두를 만드는 공장에 뇌물을 요구했다가 거절당하자 만들어 낸 사건입니다. 그로 인해 한국의 중소 만두 기업들은 모두 도산하고 말았습니다. 또한 모 기업인은 검증도 되지 않은 모 언론사의 보복 보도로 인해 매출이 급감하여 도산한 경우도 있습니다. 기사에서 가장 중요한 것은, 물론 공공성도 있지만 진실성입니다. 하지만 피고 측에는 그 진실성이 없습니다. 그들이 주장하는 가장 큰 증거는 다른 언론사에서 기사화했다는 겁니다."

노형진은 그렇게 말하면서 다른 서류를 내밀었다.

"이건 기사를 복제한 다른 언론사에 정식으로 답변을 요구한 질의서입니다. 이 질의서에 따르면 그 언론사는 해당 뉴스를 다른 언론사의 뉴스를 보고 복제하여 기사화했다고 했습니다."

그렇게 말한 그는 또 다른 서류를 꺼냈다.

"그리고 이건 그 복제당한 언론사에 물어본 질의서입니다. 이 질의서에 따르면 그쪽도 자기들 또한 다른 언론사의 기사를 보고 복제 기사를 썼다고 답변했습니다."

그걸 보면서 피고 측 변호사는 침을 꿀꺽 삼켰다.

"그래서 결과가 복제에 복제에 복제에 복제인 겁니다. 이쯤 되면 애초에 증거가 있는지조차도 불확실합니다. 그걸 확보한 다음 기사를 쓰는 게 게 기자의 최소한의 기준이자 소명 아니겠습니까?"

법률상 진실의 조건은 남에게 진실이라는 이야기를 전해 듣는 게 아니다.

최소한 그 당사자와 인터뷰를 해서 합리적 의심을 정리하고 그의 말이 진실이라고 믿을 만한 증거가 있어야 한다.

"하지만 남의 기사를 보고 복제하는 것이 과연 진실과 얼마나 가까울까요?"

"재판장님, 하지만 기사는 언론의 공공의 목적을 위해 진실만을 전달하는 매체입니다!"

상대방 변호사는 머리를 쥐어짜서 이의를 제기했다.

하지만 그런다고 해서 이미 기울어진 천칭을 뒤집을 수는 없었다.

"그러면 논리적 오류 아닙니까?"

"뭐라고요?"

"기사들은 언론의 공공의 목적을 위해 진실만을 전달한

다, 그런데 당신들의 기사는 진실을 확인한 게 아니라 다른 기사들을 복제하여 쓴 것이다. 이렇게 되면 언론이 진실만을 전달한다는 명제가 깨지게 되는데요."

가장 핵심적인 명제가 깨진 이상 모든 언론사들이 진실을 말한다는 것은 논리적으로 말이 안 된다.

"하지만 다른 기자들은 이미 그 관련 증거를 가지고 있습니다."

"그러니까 제가 아까도 말씀드렸다시피, 기자로서 그걸 확인했어야지요. 그 기자에게 이야기해서 증거를 복사해 달라고 했다든가 아니면 그 당사자의 연락처를 받으려고 했다든가."

하지만 저들은 아무것도 하지 않았다. 그저 기사만 복제했을 뿐이다.

"피고 측, 할 말 있습니까?"

판사는 한숨을 쉬며 말했다.

위에서는 가능하면 피고 측을 도와주라고 압력이 내려왔지만……

'아니, 씨발. 뭐라도 있어야 도와주든가 하지.'

아예 아무것도 없는 놈들을 어떻게 도와주란 말인가?

더군다나 상대방은 새론이다.

재판에서 지는 건 괜찮지만, 재판을 조작하는 상대방은 어떻게 해서든 자살까지 몰고 간다고 소문난 놈들이다.

실제로 당장 이 뒤에 무슨 일이 있을지 노형진이 찾아와서 말했을 때, 판사는 자신이 당하는 게 아님에도 불구하고 숨이 턱턱 막혔다.

　협박?

　협박이 아니다. 단순히 법률적 과정일 뿐이었다.

　그러나 노형진이 말한 것은 저 기자들에게 유서에 사인하게 만드는 행동이었다.

　그런 상황에서 증거도 없이 저들을 도와준다?

　그러면 당연히 그의 가족은 그 보안 아파트에서 나와야 하고, 그 후에 목숨이 어떻게 될지는 아무도 모른다.

　위에서 책임져 줄 리가 없다.

　"없으면 결심하겠습니다."

　판사의 말에 피고 측 변호사는 고개를 푹 숙였다.

언론의 약점

지금까지 대책이 없었던 우라까이 기사들.

그 대책이 생기자 상황은 돌변했다.

아니, 돌변한 정도가 아니었다.

지금까지 우라까이로 피해를 입었던 모든 사람들이 새론 으로 몰려왔다.

"역시 하와이로 떠야 했어."

"갈 겁니다. 일단 무조건 보낼 겁니다. 전세기 잡아 놨습 니다."

"제발 좀 그랬으면 좋겠군."

몰려든 사건은 어마어마했다.

하긴 이 우라까이라는 것은 인터넷이 생기고 나서 계속 이어진 일이었다.

지금까지 대응책이 없다고 사람들은 알고 있었는데, 노형 진이 대응책을 만들어 내자 죄다 새론으로 몰려든 것이다.

"원래 홍안수의 목적은 우리를 말려 죽이는 거 아니었 나?"

"그랬지요?"

김성식은 쌓여 가는 사건들을 보면서 어이가 없는지 헛웃 음을 터트렸다.

"이쯤 되면 우리를 말려 죽이는 게 아니라 과로로 죽이려 는 게 되는데?"

"아마 올해는 역대 최고 흑자가 될 것 같네요."

그럴 수밖에 없는 게, 언론에서 우라까이의 대상이 된다는 것 자체가 어느 정도 규모가 되는 사건이라는 의미다.

그런 사건은 배상 단위가 못해도 1억은 넘을 텐데, 심지어 한국에 있는 언론사만 백 개가 넘어간다.

"그나저나 오늘 뉴스 봤나?"

"봤습니다. 상당수 언론사들이 정지 상태라고 하더군요."

"결국 자업자득인 것 같군."

"뭐, 그렇죠."

노형진은 어깨를 으쓱했다.

"이참에 기레기들이 싹 다 빠졌으면 좋겠네요."

"문 열어!"

"문 열라고, 이 새끼들아!"

백상일보는 완전히 정지되었다.

원래대로라면 조간신문이 나갔어야 하지만 벌써 사흘째 신문이 나가지 못하고 있었다.

그럴 수밖에 없는 게, 기자들이 없기 때문이다.

"야, 이 새끼들아! 문 열어!"

"우리를 어떻게 책임질 거야!"

"책임진다며!"

기사는 기자들이 써야 한다.

그런데 지금 기자들은 백상일보 앞에서 악다구니를 하고 있었다.

백상일보는 문의 셔터를 내린 채로 그들의 입장을 막고 있었다.

"이대로는 안 됩니다, 대표님."

그 이유는 간단했다.

재판에서 복제를 통해 아무런 확인도 없이 뉴스를 쓴 것은 현행법상의 명예훼손과 허위 사실 유포가 맞다고 판결이 났고, 당연히 그에 따른 손해배상이 따라 들어갈 수밖에 없기 때문이다.

문제는 그들이 쓴 기사가 무려 삼천백스물두 개라는 거다.

그 정도면 백상일보의 모든 기자들을 총동원한 거다.

그런데 새론은 백상일보뿐 아니라 기자 개개인에게도 손해배상을 청구했다.

그것도 각 기사별로 말이다.

당연히 그 금액이 기자 한 명당 적게는 4천만 원, 많게는 3억이 넘어가는 상황이었다.

원래는 그런 경우 언론사가 그 배상금을 물어 주게 되어 있다.

하지만 백상일보는 새론에 기업 자체가 고소당한 데다가 기자들이 물어 줘야 하는 돈이 워낙 많은지라 그럴 능력이 되지 않았다.

그런 상황에서 기자들이 와서 돈을 물어내라고 따지기 시작하자 백상일보 사주는 기자들을 몰아내고 셔터를 내려 버린 것.

당연히 팽당한 기자들은 눈깔이 돌아갔다.

3억씩 되는 돈을 직접 물어 주면 자신의 인생은 끝이니까.

"장난해? 문 열어!"

창문 너머로 들리는 기자들의 고함 소리.

그들은 입구에서 셔터를 흔들면서 문을 열라고 고래고래 소리를 지르고 있었다.

당연히 문을 열어 줄 리가 없었다.

"일이 어쩌다 이렇게……."

백상일보의 사주인 하백수는 머리를 부여잡았다.

기자들이 없어서 기사도 못 쓰는 상황이다 보니 당연히 신문도 못 나갔고, 신문이 못 나가고 있으니 광고가 집행되지 않아서 그에 대한 손해배상까지 해 줘야 하는 판국이다.

그렇다고 문을 열어 주고 기사를 쓰라고 하자니, 기자들이 다급한 건 새로운 기사가 아니라 자기들의 문제였다.

그렇다고 우라까이를 하자니, 당장 우라까이 하다가 이 꼴을 당했는데 어떤 미친놈이 또 그 짓을 하려고 하겠는가?

"그…… 뭐냐, 광고만 잔뜩 실어서라도 신문을 내 볼까?"

"그게 가능할 리가 없지 않습니까?"

편집장은 사주의 말에 말도 안 된다는 듯 말했다.

신문에 기사가 없으면 그게 신문인가? 광고 전단지지.

"대표님, 이 문제를 어떻게든 해결해야 합니다."

"젠장, 나도 그러고 싶어. 그런데 새론에서 우리 계좌를 모조리 압류했다고."

안 그래도 배상금도 부족해 죽겠는데 계좌 압류까지 당해서, 신문을 만들기 위한 윤전기를 돌리는 것도 불가능했다.

"아, 씨발…… 새론을 건드리는 게 아니었는데."

물론 어떻게 기자들을 설득해서 제대로 일을 진행할 수 있다면 문제가 해결될지도 모른다.

"이미 기자들의 집에 가압류 딱지가 붙었다고 합니다."

눈에 보이는 것과 보이지 않는 것의 차이는 크다.

단순히 새론에서 돈을 달라는 걸 넘어서 그들의 가정에 압류 딱지가 붙자 집안에서는 이혼 소리가 나오기 시작했고, 그 책임을 어떻게든 떠넘겨야 하는 기자들은 이렇게 몰려와서 문을 열라며 고래고래 소리를 지르고 있었다.

"각하께서는 아무런 말도 없으십니까?"

"알아서 해결하라는데, 이걸 어떻게 알아서 해결해!"

말도 안 되는 상황인데 말이다.

"일단은 우리가 협상해 보지요, 정정 보도를 내는 수준에서."

막 편집자가 해결책을 제시하려고 하는 그때, 바깥에서 누군가의 목소리가 들렸다.

"안녕하십니까, 여러분! 저는 법무 법인 새론의 노형진 변호사입니다!"

사장뿐만 아니라 문을 열라고 난리를 피우던 기자들의 시선이 모두 그에게로 향했다.

"여기가 어디라고⋯⋯!"

"저, 저⋯⋯."

발끈하는 사주와 편집장.

당연히 아래층에 있는 기자들의 시선도 좋지는 않았다.

'뭐, 이럴 걸 예상하지 못한 것도 아니니까.'

노형진은 피식 웃으면서 손에 쥔 메가폰을 들고 크게 말했다.

"여러분, 이번 손해배상 문제는 당연히 회사의 책임이지요. 그렇지요?"

"당연한 거 아냐?"

"그런 걸 왜 물어보는데!"

"그러면 그 책임을 소송으로 물어야 하지 않겠습니까?"

"뭐?"

"여기서 돈 달라고 소리를 지른다고 해서 회사에서 돈을 줄 리가 없다는 거 아시죠?"

기자들은 웅성거리기 시작했다.

그 말이 맞다.

벌써 사흘째 백상일보는 문 자체를 열지 않고 있다.

"그러니까 여러분들도 회사에 그 관리 책임을 물어서 소송해야 한다는 겁니다. 사실 이게 여러분들이 원해서 한 일은 아니잖아요? 회사에서 시켜서 강제로 한 거 아닙니까, 강제로."

"그렇지! 강제로 한 거지!"

노형진이 떡밥을 던지자 몇몇 눈치 빠른 기자들이 재빨리 덥석 물었다.

어차피 회사에서는 자기들을 팽했다.

이제는 자기들이 스스로 살 수 있는 방법을 찾아야 할 시점이었다.

"그러니 여러분들이 모여서 회사에 그 관리 책임을 물어야 합니다. 그리고 저희 새론은 그걸 의뢰받을 생각이 있습니다."

"말도 안 돼!"

"안 되는 건 없습니다. 만일 이 소송에서 이기시면 여러분들의 재산에 대한 압류는 풀립니다."

모두가 서로를 돌아보았다.

지금까지 새론과 싸워 왔다.

하지만 이제는 알았다.

새론이 아군일 때 얼마나 든든한 존재인지 말이다.

"여러분, 저쪽에서 의뢰서를 작성하고 있습니다. 사인만 하시면 이 이후의 재판은 저희가 진행하겠습니다."

몇몇은 지금 누구 놀리는 거냐며 발끈하기도 했지만, 대부분은 배상 책임에서 벗어날 수 있다는 말에 그쪽으로 몰려갔다.

"이 미친……."

그리고 그 장면을 내려다보던 사주는 정신이 아득해지는 느낌이었다.

⚖️

"문 좀 열어 보세요!"

"당장 증거를 달라고!"

"증거 달라고!"

"네가 고소했잖아!"

"증거를 달란 말이야!"

서울의 한 주택.

그 주택 앞에는 수백 명의 사람들이 몰려 있었다.

그들은 끊임없이 벨을 누르고 문을 흔들며 소리를 지르고 있었다.

"새론에서 돈 빼돌렸다고 주장한 건 너잖아! 네가 책임진 다고, 기사화하라고 했잖아!"

"증거를 달라고!"

그들은 기자였다.

하지만 그들의 눈에는 평소와 같은 우월감이나 여유는 없었다.

그럴 수밖에 없었다.

그들은 새론과 노형진에게 고소당한 우라까이 기자들이니까.

백상의 상황을 들은 그들은 공포감에 눈이 돌아갔다.

어떻게 해서든 증거를 내밀어야 했다.

그리고 그 증거를 가진 사람은 다름 아닌 새론을 고발한 작자들이었다.

"아으으……."

주경진은 바깥에서 들리는 목소리에 머리를 부여잡고 부들부들 떨었다.

정부에서 도와 달라고 하자 그는 돈을 받고 그러기로 했다.

그는 원래 사기꾼이었다.

과거에 새론에 사건을 맡겼는데, 당연히 이길 거라 생각했지만 결국 지고 말았다. 그 때문에 그는 무려 1년을 감옥에서 있어야 했고 당연히 재산도 적지 않게 빼앗겼다.

물론 그건 그가 사기 쳐서 번 돈이었다.

당연하게도 그 돈이 못내 아까웠던 주경진은 어떻게 해서든 새론에 엿을 먹이려고 했는데, 그 와중에 정부와 선이 닿은 것이다.

그래서 제대로 고발하고 엿을 먹이나 싶었더니 상황이 돌변했다.

"증거를 내놓으라고!"

처벌받게 생긴 기자들이 몰려와서, 기자회견을 하든가 아니면 증거를 내놓으라고 외쳐 댔다.

이미 무고죄로 고소당한 상황이고 증거 따위는 없었다.

원래대로라면 검찰이 증거를 조작해서 심었어야 하는데, 그게 걸리는 바람에 검찰은 조사는커녕 방어도 못 하고 있는 상황이었다.

"젠장…… 어쩌다가……."

그는 커튼을 열고 바깥을 보다가 이를 악물며 닫았다.

도무지 도망갈 방법이 없었다.

입구에는 기자들이 가득했다.

일이 이 지경이 될 줄 알았다면 그는 절대 정부의 요청에

응하지 않았을 것이다.

"증거가…… 염병……."

물론 증거가 있기는 하다.

정부에서 시간이 지나면 공개하라고 준 증거가 있기는 한데, 문제는 어젯밤에 터져 나갔다.

새론에서 과거 자기에게 당한 피해자들을 불러서 인터넷으로 인터뷰를 한 것이다.

– 그놈은 믿을 만한 놈이 못 됩니다. 애초에 사기꾼이에요. 증거요? 그런 거 조작하는 데 능합니다. 저도 그렇게 당했습니다.

– 피해자만 스무 명이 넘어요. 그런 놈이 애초에 감옥에 1년밖에 있지 않았다면, 뻔하죠. 판사들에게 뇌물을 준 거예요.

– 검찰도 증거 조작하는 판국에 그놈이 뭘 내놓든 어떻게 믿습니까? 도장요? 제가 사기당할 때 그 녀석이 내놓은 도장을 찍은 서류만 백 개가 넘습니다. 그걸 파면 그만이죠.

이건 생각지도 못한 일이었다.

애초에 새론은 주경진을 변호했던 로펌이었기에 설마 자기 피해자들과 인터뷰를 할 줄은 몰랐던 것이다.

하지만 인터뷰를 했고, 피해자들이 먼저 선빵으로 주경진이 사기꾼이며 조작에 경험이 많다고 발표한 이상 그가 증거를 내밀어 봐야 의미가 없다.

더군다나 형태가 다를 뿐 미리 준비한 증거는 검찰에서 조작하기 위해 새론에 심었던 증거와 내용이 같다.

그래야 검찰에서 그 두 개를 비교하면서 죄를 뒤집어씌울 수 있을 테니까.

하지만 검찰의 조작이 먼저 걸린 상황에서는, 똑같은 내용의 증거를 내놔 봐야 결국 조작을 인정하는 꼴밖에 안 된다.

"망했어……. 망한 거야."

그는 이러지도 저러지도 못하고 절망적으로 중얼거렸다.

하지만 아주 완전히 망한 것은 아니었다.

살 방법이 딱 하나 있었다.

주경진은 멍한 얼굴로 자리에서 일어났다. 그리고 힘없이 집 밖으로 나갔다.

그곳에서 기다리고 있던 기자들은 그가 나오기 무섭게 미친 듯이 사진을 찍기 시작했다.

주경진은 허리를 90도로 숙였다.

"죄송합니다."

그의 목소리가 사방에 퍼지기 시작했다.

⚖

"일이 이렇게 되는 게 아닌데."

조소아를 비롯한 기자들은 당황해서 어쩔 줄 몰랐다.

사실 이 모든 사건의 포문을 연 것은 그녀와 몇몇 기자들이었다. 그리고 새론에 대한 소문은 자연스럽게 우라까이 되면서 퍼졌다.

  여기까지는 정상이었다.

  "그래서, 증거는 없습니까?"

  우라까이 기자를 작살내고 나자 이후에 화살은 조소아를 비롯한 최초의 기사 유포 기자들에게로 향했다.

  사실 당연한 거다.

  모든 복제에는 시작이 있기 마련이니까.

  "저희 새론에서 사건을 조작하고 돈을 빼돌렸다는 증거 말입니다. 그 증거는 어디서 나온 겁니까?"

  "⋯⋯."

  "이미 여러분들이 최초 보도자로 특정되었습니다. 그게 무슨 소리인지 아시죠?"

  노형진은 그들에게 몸을 가까이 했다.

  "당신들이 그 이야기를 어디서 들었는지 이야기해야 한다는 거죠."

  "제보자의 보호는 언론의 의무입니다."

  조소아는 힘겹게 입을 열어 말했다.

  물론 개소리에 가깝다.

  "그래요? 하지만 이미 그 제보자께서는 자기가 부탁받고 무고를 했다고 인정하셨는데?"

"……."

"그러면 당신들도, 그걸 알면서도 받아 준 거잖아요?"

"아닙니다!"

"그러면 누가 최초의 제보, 아니 소스를 줬냐니까요."

"말 못 합니다."

"뭐, 그러면 어쩔 수 없지요."

노형진은 어깨를 으쓱했다.

"다른 기자들처럼 제대로 고발할 수밖에. 아, 그리고."

노형진은 미소를 지으며 말했다.

"내가 누군지 알죠? 마이스터 한국 대변인."

"협박하시는 겁니까!"

"네, 맞아요. 협박하는 겁니다."

노형진은 피식 웃으면서 핸드폰을 들었다.

"경찰에 신고하실래요, 협박당했다고? 지금 당신들이 협박당했다고 한들 누가 믿어 줄까요?"

이미 새론과 노형진에 대한 증거 조작과 무고가 밝혀진 상황이다.

지금 상황에서 이들이 협박 운운한다고 해서 누가 믿어 줄까?

더군다나 노형진의 말대로 그는 마이스터 대리인이다.

그가 이들의 인생을 종 치게 만들고 싶다?

그건 어려운 일이 아니다.

"어디 보자, 하려면 확실하게 해야지요. 장국생명, 호신건설, 미도상회, 액션마트."

갑자기 기업들의 이름을 나열하는 노형진.

그 말을 듣는 기자들의 손은 바들바들 떨렸다.

다 아는 이름들이다. 정확하게는, 그들의 가족들이 다니는 회사나 운영하는 가게의 이름이다.

"어디 보자, 일가족 자살 사건이 요즘 많지요? 경기가 너무너무 힘들어요. 먹고살 수가 없는데 어쩌겠어요, 자살해야지."

"너무한 거 아닙니까!"

억누른 목소리로 터져 나온 다른 기자의 항변.

하지만 노형진은 말을 좋게 할 수가 없었다.

"너무해? 뭐가 너무한데? 너희들이 다른 사람 말려 죽이는 건 당연한 일이고 너희 가족이 자살당하는 건 너무한 일이냐?"

"……."

"신고? 그래, 신고해. 벌금 내면 그만이지. 애초에 내가 누군지 너희만 아냐? 검찰과 법원에서 나한테 벌금이나 부과할 것 같아, 이 상황에? 나나 대룡을 건드리면 대룡이 더러워서 나간다고 하는 판국에?"

"……."

"남을 죽이려고 작정했으면 너도 죽을 각오를 했어야지. 뒤에 숨어서 입이나 나불거리면 참 안전할 거라 생각했지?

왜, 이제 뒈질 것 같으니까 생각이 달라져?"

"그, 그만……."

"왜, 저항하지 못하는 사람들 밟아 죽일 때는 쾌감이 쩔었지? 그런데 이제 밟히려니까 아주 죽을 맛이야?"

"제발…… 그만……."

"제발 그만?"

노형진은 코웃음을 쳤다.

그리고 더 이상 아무 말 하지 않았다.

대신에 전화기를 들어서 어디론가 전화했다.

ㅡ네, 한민족신문입니다.

"안녕하세요. 노형진입니다."

ㅡ네?

상대방은 얼어붙었다.

그리고 조소아 역시 얼어붙었다. 자신이 다니는 회사니까.

"지금부터 한민족신문에 광고를 올리는 모든 회사는 마이스터와 미다스의 선전포고를 받을 겁니다. 광고를 올리면, 아주 작은 회사라도 무슨 수를 써서라도 망하게 할 겁니다."

ㅡ잠시만요, 변호사님.

"아, 내 말 조용히 들어요. 아직 안 끝났으니까. 내가 이거 선전포고한 건 공식적인 겁니다. 그걸 다른 기업들에 말 안 하고 광고를 받으면, 그건 당신들이 그 사람들한테 사기 치는 겁니다. 무슨 뜻인지 아시죠? 그쪽도 당신들한테 손해배상 청구할 거라는 거지. 물론 살아남으면."

─제발…… 변호사님…… 제발…….

"제발이고 뭐고, 이 모든 일은 그쪽 소속 기자님 덕분에 시작된 거니까 책임을 물으실 일이 있으면 그쪽에다가 물으세요."

노형진은 그렇게 말하고는 전화를 툭 끊어 버렸다.

그리고 그러자마자 전화기가 무섭게 울리기 시작했다.

물론 노형진은 가뿐하게 차단해 버렸다.

"자, 이번에는 어디로 전화할까요?"

조소아 기자는 영혼이 나가 버렸다.

기자가 되기 위해 그렇게 노력했다.

그런데 모든 게 다 끝났다.

새론과 마이스터에 찍힌 기자를 써 줄 언론사는 없다.

아니, 어딜 가든 취업 자체가 불가능할 것이다.

"노가다라도 뛸 수 있을 거라 생각하면 너무 큰 꿈을 가지시는 거고."

거기에다 대고 아주 쐐기를 박아 버리는 노형진.

"아, 제보자 보호. 그래요, 열심히 보호하세요. 어차피 그 새끼가 누군지 모르는 것도 아니고. 내가 병신으로 보여요? 검찰이 당신들 이용한 거 모를 것 같아? 웃으면서 대해 주니까 그냥 아주 호구 취급이지."

이미 알고 있던 사항이다.

당연히 노형진은 알면서도 이들을 뒤흔든 것이다.

"말하겠습니다! 말하겠습니다!"

완전히 주저앉아 버리는 조소아를 보면서 누군가 손을 번쩍 들었다.

"남진궁입니다! 남진궁 검사입니다!"

노형진은 살짝 미소를 지었다.

"알아요."

증거 조작 혐의로 이미 조사받고 있는 검사 중 한 명이니까.

사실 정보를 흘려서 상대방을 매장하는 것은 검찰의 오랜 수법이다. 그러니 당연히 검사일 수밖에 없다.

"내가 당신들한테 기회를 줄게."

노형진은 느긋하게 소파에 기대앉았다.

"내가 당신네 언론사에 전화할까, 아니면 당신들이 기자회견을 할래?"

⚖️

기자들의 기자회견 이후에 상황은 돌변했다.

당연하게도 남진궁이라는 검사에 대해서는 미친 듯이 공격이 시작되었다.

이미 답은 나왔고, 언론은 살기 위해서라도 새론과 대룡에 잘 보여야 했다.

당연히 남진궁에 대해 물어뜯기 시작했고, 남진궁은 다급하게 사무실로 들어가서 나오지도 못하고 있었다.

하지만 노형진은 남진궁에 대해 신경도 쓰지 않았다.

어차피 그를 공격해 봤자 꼬리 자르기 수준에서 끝날 수밖에 없으니까.

아니, 일이 이 정도 되면 꼬리는 제법 커야 한다.

"당신 남편이 꼬리가 될 건 아시죠?"

노형진이 만나고 있는 사람은 다름 아닌 검찰총장의 아내였다.

"저…… 저한테 뭘 원하는 거예요……?"

그녀는 벌벌 떨고 있었다.

매일같이 남편이 반쯤 미친 듯한 얼굴로 들어오는 걸 보면서 그녀도 잔뜩 겁을 먹었다.

"몰라서 묻는 건 아니시죠?"

노형진은 그녀에게 웃으며 말했다.

"이 사건은 말입니다, 꼬리 자르기로 끝날 수밖에 없어요. 무슨 뜻인지 아시죠?"

"……."

"남편분은 당연히 그 꼬리 자르기 대상입니다."

"흑……."

그녀의 눈에서 눈물이 펑펑 쏟아졌다.

검찰총장이라고 하면 무척이나 높은 자리인 줄 안다.

물론 그 말은 맞다.

하지만 이런 문제가 터지면 무조건 잘려 나갈 수밖에 없는 자리이기도 하다.

"그리고 저는 검찰총장님에게 보복할 수밖에 없는 상황이라서요."

"보…… 보복이라니요!"

"당연한 거 아닙니까? 없는 죄를 만들어서 저를 죽이려고 했는데 저라고 그냥 당할 수는 없죠."

물론 정치적 보복을 할 수는 없다.

하지만 노형진은 안다.

'어머니는 아내보다 강하다.'

이런 말 하면 그렇지만, 검찰총장은 이번에 물러나면 그냥 폐기 처분 신세다.

물론 원래대로라면 전관예우를 받을 테지만 새론이 두 눈 크게 뜨고 있을 테니 그렇게는 안 될 것이다.

결국 퇴물로 인생 종 치는 것이다.

물론 그녀도 그건 알고 있을 것이다.

"하지만 당신들 가족도 그 범위에 들어가지요."

"그게 무슨 소리예요!"

"간단합니다. 당신 친정에서 운영하는 병원, 당신 아들이 다니는 공기업, 당신 딸이 다니는 사기업."

노형진은 거기까지만 말하고 씨익 웃었다.

"그들에게 총장의 가치가 얼마나 되는지가 관건이겠네요."

얼굴이 사색이 된 총장의 아내는 손을 바들바들 떨었다.

"보복에 들어갈 겁니다. 당신 친정 병원은 망하게 할 테고, 당신 아들과 딸은 무슨 수를 써서라도 잘리게 한 후에 다시는 취업도 못 하게 할 겁니다. 손주들요? 대학이나 갈 수 있을 거라고 생각하세요? 요즘 대학들도 그렇게 생각 없지는 않을 겁니다."

아내보다는 엄마가 강하다.

반대로 말하면, 그녀에게는 자식들이 약점이라는 거다.

"제, 제발 그렇게까지 하지는 말아 주세요……."

"물론 저도 그렇게 하기는 싫습니다. 한 가지만 해 주신다면 말이지요."

노형진은 그녀에게 슬쩍 녹음기를 꺼내서 건넸다.

"아실 겁니다, 이 모든 게 대통령의 명령으로 시작된 거라는 걸."

"……"

"대통령이 지시했다는 녹음만 해 오세요. 그러면 자녀분들뿐만 아니라 남편분에게도 보복하지 않도록 하지요."

"진짜인가요?"

"진짜입니다. 제가 그런 걸 가지고 거짓말할 이유는 없잖습니까."

노형진은 어깨를 으쓱하며 말했다.

"어차피 이제 대통령은 나가리입니다. 레임덕이지요. 차라리 대통령을 팔아서 잘 사는 게 어떨까요?"

노형진의 말은 마치 악마의 속삭임처럼 그녀의 귀를 간질이고 있었다.

⚖️

─여보, 이건 아니잖아요. 왜 대통령이 시킨 걸 당신이 뒤집어써요?

─도대체 그런 소리는 또 어디서 들었어!?

─국정원에서 사람이 왔다 갔어요, 조용히 물러나면 더 이상 건드리지 않겠다고. 우리 애들이 무슨 죄예요? 당신 때문에 우리 애들 인생을 망치게 생겼는데! 죄를 뒤집어쓰고 그냥 물러나요? 여보, 말 좀 해 봐. 당신 때문에 우리 애들뿐만 아니라 우리 친정까지 망하게 생겼다고요!

─나라고 그러고 싶은 줄 알아? 나도 총장 자리에서 물러나면 인생 꼬이는 거 알아. 하지만 그렇다고 대통령한테 반기를 들어? 아무리 레임덕이라고 해도, 그러다 다 죽어.

─그러면 차라리 대통령이 시켰다고 말해요! 당신은 대통령이 시킨 대로 한 것뿐인데 왜 우리가 죄를 뒤집어쓰느냐고요!

─지금 현 정권에서 의문사가 몇 명인지나 알아? 내가 덮은 사건

이 몇 건인지나 아느냐고! 나도 그냥 사실대로 터트리고 싶어, '내가 하고 싶어서 한 게 아니다. 대통령이 시켜서 어쩔 수 없이 한 거다.' 하고. 그런데 그랬다가? 나 죽으면? 우리 애들 죽으면? 누가 책임질 건데!

─지금 당신이 우리 애들 책임질 상황이기나 해요? 이거 봐요, 새론에서 소송 들어온 게! 전 재산을 다 내놔도 이거 못 갚아요!

─그냥…… 좀……. 이혼하자. 내가 책임지고 이혼해 줄게. 대통령은 건드리면 안 돼. 그랬다가는 진짜 죽어.

─이미 막장이잖아요. 더군다나 요즘 이상한 소문 도는 거 몰라요?

─무슨 소문?

─대통령이 원래 일본 스파이다. 일본에서 훈련받은 공작 요원이다. 그런 소문이 사방에 퍼졌다고요.

─그런 소문은 또 어디서 들었어?

─정치인 와이프들은 귀머거리에 장님이 아니에요. 이미 그런 소문이 돈 지 오래예요. 차라리 들이받고 스파이인지 확인하고…….

─개소리하지 마. 그게 의심스럽다고 해도, 그걸 확인하게 자유신민당에서 그냥 둘 것 같아? 진짜로 의문사하고 싶어?

─여보!

─손해배상 소송이 끝나기 전에 이혼해 줄 테니까 그냥 그거 가지고 입 닥치고 살아, 제발. 그게 우리가 오래 살 수 있는 유일한 길이야.

노형진은 녹음 파일이 끝나자 시선을 돌려서 창밖을 바라보았다.

지금 이 파일은 언론이 아닌 인터넷에 뿌려졌다. 물론 코리아 타임라인을 통해서도 뿌려졌다.

그리고 그 반응은 어마어마했다.

ㅡ와, 씨발. 대통령 명령이었어?

ㅡ미친. 대통령이 왜?

ㅡ생각해 보면 대룡 정도 되는 기업이 공격받아서 해외로 완전 이주를 계획할 정도면 정상적인 상황이 아니기는 함.

ㅡ그러고 보니 그러네. 대룡 세무조사 지시한 게 대통령이라면서?

ㅡ각 나오네. 대통령이 시킨 거 맞네. 그러면 진짜 일본 간자인 건가?

ㅡ에이, 설마.

ㅡ설마가 아닐걸. 홍안수가 원래 일본 유명 대학 출신임. 젊어서 일본에서 10년 살았는데 뭐 하고 살았는지는 알려지지 않았음. 자기 말로는 공부했다는데…….

ㅡ공부했으니까 성공할 수 있겠지.

ㅡ공부했어도, 일본에서 전폭적으로 밀어주는 건 전혀 다른 문제 아님? 생각해 보면 일본에서 기술제휴를 엄청 많이 해 줘서 막 연구소 세우고 그랬잖아.

ㅡ나 딱 한마디만 할게. 홍안수 문과임.

ㅡ문과가 일본과 제휴해서 한국에 기술 연구소를 세운다. 이거 각 나오는데?

이것이 법이다

-한번 프락치는 영원한 프락치제.

　-와, 무슨 이거 영화냐? 마스크 오프를 뛰어넘는 반전, 스파이에
스파이에 스파이?

　-알고 보니 미국 스파이?

　-알고 보니 외계인에 미국 스파이에 일본 스파이에 자유신민당
스파이 아님?

　-악마 은퇴 선언. 인간을 뛰어넘을 수 없어.

　인터넷은 난리가 났다.

　인터넷상에서 방송된 내용은 충격이 어마어마했고, 당연
하게도 언론에서는 홍안수를 미친 듯이 물어뜯기 시작했다.

　이미 싸움이 끝났다는 걸 직감적으로 알아챈 것이다.

　대룡은 현 정권에 선전포고를 했다.

　새론에 의해 검찰이고 기자고, 진짜 영혼까지 털렸다.

　우라까이를 했던 한국 기자의 30%가 명예훼손과 허위 사
실 유포로 고소당했다.

　그런데 또 그들은 새론과 손잡고 그걸 언론사에서 강제로
시켰다면서 소송을 시작했다.

　말 그대로 대혼란의 사태.

　거기에다가 국정원을 찾아가서 압박을 가했다는 사실까지.

　그나마 30%대는 지키던 대통령의 지지율은 하루가 멀다
하고 추락하고 있었다.

"홍안수는 진짜 식물 대통령이 된 것 같군."

"단순히 식물 대통령이 된 정도가 아니죠."

노형진은 싱긋 웃으며 송정한을 바라보았다.

"당에서는 뭐라고 합니까?"

"당연히 홍안수의 일본 체류 시절에 관한 자료를 요구했네. 의심을 풀어야 하니까."

"하지만 그게 쉬울까요?"

아무리 대통령이라지만 수십 년 전 자료까지 모조리 가지고 있는 것은 아니다.

홍안수가 일본에 포섭되어 정식으로 스파이가 된 것은 사실이나, 현실적으로 또 그가 전문 스파이처럼 암살 등을 훈련받은 것도 아니다.

그러니 그의 일본 체류 기간 중에 있었던 일은 어느 정도 조작해서 제출할 수 있다.

"하지만 자네 말마따나 그가 갑자기 일본의 적극적인 지지를 받으면서 한국에 연구소를 세우고 자금을 융통받은 것은 의심스러운 상황이지."

한국 사람들에게 있어서 친일파는 용서할 수 없는 대상이다.

그런데 일본의 스파이가 대통령까지 했다?

대한민국에서는 친일파의 목숨조차도 부지하기 힘들 정도가 될 것이다.

사실상 말이 독립국가지 대한민국은 독립조차도 하지 못했다는 반증이 될 테니까.

"자유신민당은 어떻게 해서든 사건을 덮으려고 하는 모양인데."

"일본 스파이설이 나왔으니 쉽지는 않을 겁니다. 물론 친일파라는 말은 많이 들었지만요."

"그러니까 말일세. 참 웃긴 일이야."

지금까지 자유신민당은 홍안수가 친일파가 아니라고 주장해 왔다.

그러나 노형진과 대룡 덕분에 그가 한 친일 행적이 모조리 드러났고, 자유신민당은 스파이라는 부분에서 벗어나기 위해 친일은 했지만 스파이는 아니라는 변명을 하게 생겼다.

"다만 이번에는 상황이 좀 달라지기는 한 모양이야."

"무슨 말씀이십니까?"

"특검을 통해 홍안수가 열람한 모든 자료의 반출 내역과 회수 내역을 조사하기로 했네."

"아하!"

홍안수가 자료를 일본에 넘겼다면 일본은 그에 맞게 한국에 대응했을 것이다.

그러니 홍안수의 자료 확인 내역만 조사하면 이번 사건은 심각하게 돌변할 게 뻔했다.

"우리 쪽은 특검을 요구했지만 자유신민당은 절대 반대를

외칠 걸세."

"당연하지요. 이건 자유신민당에는 치명적 문제일 겁니다."

단순히 스파이 문제가 아니라 자유신민당이 친일 정당, 아니 스파이 정당이라는 가장 확실한 증거가 된다.

그들이 내민 대통령이 일본의 스파이였으니까.

그나마 그 대통령이 정상적인 대통령도 아니고 프락치 활동을 통해 다른 정당에서 뽑힌 대통령이라니.

그는 그런 의심에 불리할 수밖에 없는 상황이었고, 그걸 통제할 방법은 없어 보였다.

"자네는 어떻게 생각하나? 이대로 끝날까?"

"글쎄요. 일반적인 경우라면 완전 식물 대통령이 되어서 임기가 끝날 때까지 완전히 병신으로 살겠지만……."

하지만 안 보살이 그랬다.

이 땅에 한 번은 왕의 피가 흘러야 한다고.

그리고 그걸 기존의 역사와 비교해 보면…….

"저러면 친위 쿠데타를 의심하겠습니다."

"뭐?"

송정한은 순간 흠칫했다.

"지금 뭐라고 했나? 친위 쿠데타?"

"그렇습니다."

"아니, 아무리 그래도 그렇지 쿠데타라니……."

몇 번이나 쿠데타를 통해 독재자가 생겼던 대한민국이다.

이승만은 친위 쿠데타를 일으켰고, 박정희는 쿠데타를 통해 권력을 잡았으며, 전두환과 노태우는 쿠데타를 통해 권력을 잡고 나서 자기들끼리 그걸 나눠 먹기까지 했다.

사실 그런 문제 때문에 대한민국은 민주주의국가이지만 역사에서 제대로 된 민주주의가 진행된 기간은 아주 짧다.

"그건 너무 나간 것 아닌가?"

"그럴까요? 더는 군 내부에 사조직이 없으리라고 생각하십니까?"

"……."

송정한은 부정하지 못했다.

과거 민주 정권하에서 어떻게 해서든 군 내부의 사조직을 박멸하려고 했지만 워낙 이권이 많은 군 조직인지라 여전히 사조직이 넘쳐 난다.

"계엄을 선포하고 쿠데타를 일으키고 정권을 찬탈하고 국민을 탱크로 깔아뭉개는 거야 권력자들에게 쉬운 일이죠."

"하지만 헌법상 국회의원의 요구가 있으면 바로 계엄을 풀어야 하는데?"

"송 의원님, 그거 개소리인 거 아시죠?"

"하긴, 그건 그렇지."

계엄이 선포되는 경우 국회의원 과반수의 요구가 있으면 계엄을 바로 풀도록 되어 있다.

몇 번의 쿠데타 이후에 생긴 조항이다.

"그런데 애초에 쿠데타라는 게 뭡니까?"

권력을 위한 반역이다.

즉, 대한민국의 헌법을 부정하고 국가를 전복하는 것이 바로 쿠데타다.

그런데 헌법에 국회의원이 요구하면 풀라고 명시되어 있다고 해서 정말로 그들이 순순히 헌법에 따라 계엄령을 풀까?

애초에 국가 전복이 목적인데?

"계엄 선포하고 실종자 몇 명 만드는 건 어렵지 않지요."

국회의원이 실종되면 당연히 국회는 개원 못 한다.

그러니 그 후에 그를 죽이고, 언론에 대고 폭도들이 국회의원을 살해했다고 발표하면 끝이다.

"이번 사태로 충분히 알게 되지 않으셨습니까? 현재 대한민국의 언론은 특정 정치 세력에 충성을 다하고 있습니다. 그들은 절대로 국민들의 편이 아닙니다."

"끄응…… 그래도 쿠데타라니……."

"물론 기우로 끝나면 좋지요. 하지만 만일 기우로 끝나지 않는다면요?"

"후우."

누군가가 들었다면 정신 나간 소리라고 할지도 모른다.

하지만 노형진은 미래를 보고 왔다.

그리고 이 일이 일어날 가능성은 아주 높다.

"모를 일입니다. 그러니 대비를 해야 합니다."

"대비?"

"그렇습니다. 군대를 돌아다니면서 감시하시고, 국가가 아니라 정치인에게 충성하는 장군들을 걸러 내야 합니다. 특히나 군 내 사조직에 속한 장군들은 어떻게 해서든 몰아내야 합니다."

만약 쿠데타가 벌어지지 않는다면 그냥 청소한 셈이고, 발생한다면 피해를 막을 수 있다.

"쿠데타라……."

말도 안 되는 소리였지만 송정한도 마냥 부정할 수는 없었다.

번치 대 닉스

"미스터 노의 도움이 필요합니다."

"에?"

노형진은 고개를 들어 자신을 찾아온 엠버를 보았다.

"어…… 떡볶이 먹을래요?"

"미스터 노, 저는 덕볶이가 싫습니다."

"아, 덕볶이가 아니라 떡볶이."

"하여간 싫습니다."

"네, 뭐…….'

간식으로 먹던 떡볶이를 옆으로 치운 노형진은 엠버에게
되물었다.

"제가 뭘 도와드릴까요?"

엠버와 몇몇 사람들은 미국을 제대로 털어먹고는 안전을 위해 당분간 한국으로 이사를 온 상황이었다.

미국의 의료 시스템을 제대로 털어먹으면서 번 돈이 평생을 일해도 10분의 1도 못 벌 만큼 많았기 때문이다.

"드림 로펌에 힘든 사건이 들어왔습니다. 그런데 답이 없다고 합니다."

"지금 드림 로펌을 담당하는 게 하이드 맥핀 아니었나요?"

"기억하시는군요."

"제가 승진시켰는데 당연하지요."

하이드 맥핀은 엠버와는 확실히 다른 타입이다.

엠버가 능력은 있었지만 몰락했다가 재기한 타입이라면, 그는 애초에 실패라는 걸 모르고 성장한 타입이었다.

물론 그렇다고 해서 그가 나쁜 성격을 가진 것은 아니다.

그랬다면 노형진이 승진시키지도 않았을 것이다.

"하이드 맥핀이 도움을 요청한다라……. 의외네요? 그 사람 진짜 자존심이 강해서, 어지간하면 그럴 것 같지 않았는데."

노형진이 그를 승진시킨 것은 당분간은 미국의 드림 로펌에서 손을 떼기 위해서였다.

미국의 의료계를 해 처먹은 게 워낙 규모가 큰 일이었다 보니 적이 너무 많아져서였다.

그러니 쓸데없이 나대기보다는 조용히 제대로 이끌 수 있는 사람이 필요했는데, 그게 바로 하이드 맥핀이었다.

"너무 확실하게 패배할 상황이라서 어쩔 수 없이 연락했다고 합니다."

"그래요? 그런데 이해가 안 가는군요. 모든 사건에서 승리할 수 있는 건 아니지 않습니까?"

현실적으로 아무리 잘난 변호사라고 해도 모든 사건에서 이긴다는 건 말이 안 된다.

그건 노형진도 마찬가지라서, 무조건적인 승리를 추구하는 것이 아니라 의뢰인에게 최선을 다하는 것이 노형진의 모토인 이유이기도 하다.

"드림 로펌이 하는 사건이 한두 개도 아니고, 그 모든 사건에 다 질 수 없다는 이유만으로 제가 나설 수는 없지 않습니까?"

"알고 있습니다. 하지만 이번에는 사건이 명확해서 그런 게 아니라 상대방이 너무 안 좋다고 하더군요."

"상대방이 안 좋아요?"

어찌 되었건 드림 로펌도 이제는 미국에서도 손에 꼽히는 조직이라 어마어마하게 명성을 떨치고 있다.

그런 조직인데 대상이 안 좋다?

'그런 사건이라면 내가 알 것 같은데?'

노형진은 잠깐 고민하다가 엠버에게 물었다.

"혹시 사건명 아십니까?"

미국은 한국과 다르게 사건에 이름을 붙인다. 그래서 이름을 들으면 대충 기억이 날 것 같았다.

"번치 대 닉스입니다."

사건명은 보통 사건 당사자들의 이름을 많이 붙인다.

"번치 대 닉스? 잠깐, 닉스요? 데이튠즈의 닉스?"

"네."

"그러면 번치는……."

"에바 번치입니다."

순간 생각이 났다.

그건 그가 회귀하기 전에 있었던 사건으로, 한동안 미국을 떠들썩하게 했다.

에바 번치. 미국의 언론인.

그리고 데이튠즈의 제린 닉스.

제린 닉스는 에바 번치가 속해 있던 회사인 데이튠즈의 사장이자 재벌이다.

'아…… 그 사건이었나?'

에바 번치에 대한 강간 사건.

제린 닉스가 에바 번치를 비롯한 네 명의 여성을 강간한 사건.

에바 번치를 시작으로 네 명의 여성들이 언론 기자회견을 통해 그 사건을 공개했고, 제린 닉스는 강간의 책임을 물어서 28년 형을 선고받고 데이튠즈의 사장 자리에서 물러나야 했다.

그 당시에 미국을 떠들썩하게 했던 사건이었기 때문에 노형진도 기억하고 있었다.

"흠, 그거 대충 소문은 들었습니다."

"하긴 요즘 시끄러운 뉴스니까요."

"그런데 드림 로펌이 제린 닉스의 변호를 하게 될 줄은 몰랐네요."

"지금 미국 내에서 드림 로펌만큼 파워를 가진 곳은 많지 않으니까요."

"뭐, 상황은 알 것 같습니다."

노형진은 고개를 끄덕거렸다.

"그런데 뭐가 문제죠?"

"제린 닉스가 무죄라고 주장하고 있습니다."

"아니, 그건 당연한 거 아닙니까? 범죄자야 당연히 무죄를 주장하지요. 하지만 증인이 있는 걸로 알고 있는데요."

"의뢰인을 위해 최선을 다해야 한다고 한 건 미스터 노였습니다만⋯⋯."

"어, 그건 그런데요."

"설마 힘없는 피해자가 정의라고 생각하시는 건 아닐 테고요."

노형진은 머리를 북북 긁었다.

전혀 아니다.

미친놈은 미친놈일 뿐이고 범죄자는 범죄자일 뿐이다.

부자가 범죄를 저지를 기회가 많은 것은 사실이지만, 가난하다고 무조건 착한 것도 아니다.

물로 사회운동 하는 놈들은 절대 믿고 싶지 않겠지만, 그게 현실이다.

도리어 약자여서 악독한 경우도 많다.

'물론 원래 역사에서는 제린 닉스가 28년 형을 받기는 하는데 말이지.'

하지만 생각해 보면 그가 누명을 썼을 가능성도 분명 존재한다.

노형진이 기억하는 미래에서 그가 처벌받았다고 해서 그게 반드시 그가 유죄라는 뜻이 되진 않는다.

그저 누가 봐도 그가 유죄로 보일 뿐이라는 거다.

'거기에다 에바 번치도 문제란 말이지.'

이는 반대로 미래를 알기 때문에 더 믿음이 안 가는 부분이다.

그녀는 이번 사건으로 세계적으로 이름을 얻고 깨어 있는 여성 기자로서 수많은 언론의 관심을 받게 된다.

그러나 3년 후 그녀는 나락으로 떨어진다.

아동 강간 사건.

열세 살짜리와 열네 살짜리 아이들을 강간한 혐의로 그녀는 10년 형을 받는다.

만일 그녀가 끝까지 정의로운 모습을 보여 줬다면 아마 노형진은 이번 사건에서 제린 닉스의 범죄를 믿었을 것이다.

하지만 마지막에 에바 번치가 보여 준 모습은 진실과는 거리가 멀었고, 노형진은 그 부분에서 의심이 싹텄다.

하지만 그래도 말이 안 되는 건 안 되는 거다.

"아무리 그래도 저한테 도움을 청할 사건은 아닌 것 같은데요. 제가 미국 변호사도 아니고요."

"하지만 미국에서는 유명하죠."

"유명하기야 하죠."

알려져 있지 않은 사건들을 많이 해결했으니까.

전생의 지식으로 해결한 것이지만, 어찌 되었건 다른 사람들은 진짜 천재적 탐문 능력을 가지고 있다고 볼 가능성이 높다.

"엠버가 저한테 장난삼아서 이런 말을 하지는 않을 테고, 그쪽에서 무슨 조건을 달았나요?"

"역시 미스터 노는 눈치가 빠르네요. 미스터 노가 이번 사건을 해결해 준다면 자신이 가진 데이튠즈의 주식 20%를 증여하겠다고 했답니다."

"20%를 증여한다라……."

노형진은 잠깐 침묵을 지켰다.

그가 알기로는 제린 닉스가 가진 데이튠즈의 주식은 28%.

그런데 그중에서 20%를 준다는 것은, 대략 5.6% 정도의 주식을 자신에게 양도한다는 것을 의미한다.

'그리고 내 기억이 맞으면 데이튠즈는 2년 후에 어마어마하게 비싼 가격에 팔려 나가지.'

그로 인해 주식 가격이 폭등해서 말 그대로 돈벼락을 맞게 된다. 애석하게도 제린 닉스는 손해배상과 온갖 재판으로 인해 전 재산을 날려서 그 돈벼락을 즐기지 못하지만 말이다.

"그 정도의 재산을 건다라……. 웃긴 일이지만 그만큼 그가 무죄일 가능성이 높다는 거군요."

"맞습니다."

만일 그냥 준다고 했다면 도리어 무죄가 아니라고 생각할 수도 있다.

왜냐? 지면 어차피 다 털리는 돈이니까.

하지만 그는 '승리하면'이라는 조건을 붙였다.

단순히 조건을 붙인 것일 수도 있지만, 반대로 그걸 내겁으로써 진실은 자신이 무죄임을 강력하게 어필한 것이다.

자신이 이렇게 재산을 걸 만큼 진실되었다는.

"날 콕 집어서 요청했다 이거군요."

"맞습니다, 미스터 노."

"흠……."

노형진은 머리를 긁적거렸다.

이런 일은 처음이기는 하다.

자신은 탐정도 아니고 미국의 변호사도 아니다.

"하지만 데이튠즈의 주식 5.6%라면 확실히 탐나네요."

"어떻게, 미국으로 가시겠습니까?"

"뭐, 가야지요. 엠버도 같이 가시겠어요?"

엠버는 고개를 흔들었다.

"아직은 아니라고 생각합니다. 아무래도 미국에서 적을 너무 많이 만들어서요."

"하긴."

노형진은 자리에서 일어났다.

다행히 최근에 큰 건이 끝나 당장 급한 건은 없다.

정확하게는 시스템화되어 있기 때문에 어지간한 사건은 다른 변호사가 커버해도 된다.

"그러고 보니……."

"왜 그러나요, 미스터 노?"

"아닙니다."

생각해 보면 미국에서 감춰진 사건을 드러내거나 미래에 정보가 있는 사건은 조사해 봤지만, 미래에 결정된 사건을 뒤집어 본 적은 없었다.

'이거 의외로 재미있을 것 같은데.'

노형진의 얼굴에 슬며시 미소가 떠올랐다.

⚖️

"제린 닉스라고 합니다."

시커먼 얼굴로 노형진을 맞이한 제린 닉스는 지칠 대로 지친 모양이었다.

"노형진입니다. 저를 불러 달라고 하셨다고요?"

"지금 상황에서 절 구해 줄 수 있는 사람은 미스터 노뿐인 것 같아서 그랬습니다."

"좋게 봐 주시니 감사합니다."

노형진은 그렇게 말하면서 제린 닉스를 바라보았다.

"보석금은 얼마나 내셨습니까?"

보석금, 그러니까 구속된 경우 담보로 돈을 내고 풀려나는 제도가 미국에서는 잘되어 있다.

사건이 클수록 그 금액은 커질 수밖에 없다.

"100만 달러 냈습니다."

대략 11억쯤 되는 큰돈이다.

물론 제린 닉스에게는 아주 큰돈은 아닐 것이다.

중요한 것은 제린 닉스가 파멸의 앞에 있다는 것이다.

"좋습니다. 그러면 제가 이번 사건을 해결하면 받는 보수는 변동 없는 것이지요?"

"이미 관련 서류는 드림 로펌으로 보냈습니다. 이의는 없습니다."

제린 닉스는 힘겹게 말했다.

하긴 이런 상황에서 멘탈을 그대로 유지하는 것은 절대 쉬운 일이 아닐 것이다.

"그러면 제가 한 가지만 확실하게 묻지요."

노형진은 그를 바라보면서 진중하게 어깨에 손을 올렸다.

"진짜로 에바 번치를 비롯한 네 사람을 강간했습니까?"

물론 그냥 조사해도 된다.

하지만 노형진은 바쁜 사람이다.

만일 진짜 강간이라고 나오면 노형진은 그냥 시간을 버리는 셈이 된다.

애초에 주식 증여의 조건은 사건의 해결이다.

즉, 그가 강간한 게 맞다면 그 주식을 받을 수 있는 조건은 단 한 가지, 조작뿐인데, 노형진은 그럴 생각이 전혀 없었다.

"아니요. 저는 그 누구도 강간하지 않았습니다."

제린 닉스는 '누구도'라는 말에 힘을 줬다.

그리고 그 말은 사실이었다.

'진짜군.'

제린 닉스는 강간을 한 적이 없었다.

물론 돈이 있는 사람이고, 미국에서는 이성과 즐기는 것에 대해 한국처럼 보수적이지 않기 때문에 여자도 많이 꼬셔 봤고 콜걸도 불러 봤다.

확실히 도의적으로 깨끗하다고 하기에는 문제가 있지만 그는 최소한 강간은 한 적이 없었다.

"알겠습니다. 믿겠습니다."

노형진은 제린 닉스의 어깨에서 손을 떼었다.

"진짜로 믿어 주시는 겁니까?"

"믿어 드리지요. 그래야 제가 주식을 받을 수 있을 것 같으니까요."

"하하하."

노형진의 농담에 어색하게 웃는 제린 닉스.

"그러면 다음 문제가 생기는군요. 에바 번치를 만난 건 사실입니까?"

"사실입니다. 그녀를 만나서…… 데이트를 즐겼습니다."

데이트를 즐겼다.

즉, 순화해서 말했지만 섹스를 했다는 것이다.

"그 장소가 에바 번치가 말한 당신의 별장이 맞고요?"

"네……."

"그리고 아무도 없었고요?"

"그, 그렇습니다."

"환장할 노릇이네요."

그의 별장은 사람이 별로 없는 숲에 있었고, 그곳에서 섹스를 하고 에바 번치를 태워다 줬다.

그런데 에바 번치가 며칠 있다가 강간으로 그를 고소했다.

"그러면 나머지 세 명에 대해서는 아는 바 있습니까?"

"다 아는 사람들입니다."

"그들과도 데이트를 즐긴 거군요."

"네."

힘든 표정으로 고개를 숙이는 제린 닉스.

"그들과의 관계는 어떻습니까?"

"그게…… 장소가 다 달라서……."

"하지만 시간은 좀 오래되었고요?"

"네."

"환장하겠네요."

노형진은 머리가 지끈거려 왔다.

⚖

"아마도 처음에는 에바 번치의 단독 범행이었을 겁니다."

"제린 닉스의 무죄를 확신하시는 겁니까?"

"일단 저는 그렇습니다."

노형진은 새로운 드림 로펌의 대표가 된 하이드 맥핀의 질문에 당연하다는 듯 고개를 끄덕거렸다.

"하지만 강간의 피해자가 세 명이나 더 있습니다."

"이게 참 문제입니다. 미국은 기회의 땅이지만 동시에 소송의 땅이기도 하지요."

"그게 무슨 말씀이십니까?"

"헨리 잭슨이 어떻게 당했는지 아시죠?"

"아……."

미국의 전설적인 가수였던 헨리 잭슨은 평생을 소아성애

자라는 죄를 뒤집어쓰고 살았다.

헨리 잭슨은 불우한 어린 시절을 보냈다.

돈이 없어서 불우한 게 아니라, 어린 시절 자체를 통째로 빼앗겼다고 봐야 한다.

어마어마한 천재성은 그에게 명예와 부를 줬지만 그가 아이로서 자라나야 하는 시절에 스타로서 살도록 했다.

그 때문에 헨리 잭슨에게는 일종의 피터팬 증후군이 있었다. 어른이지만 끊임없이 어린 시절을 갈구했다.

그래서 그는 자신의 집 안에 놀이동산을 만들어 아이들을 위해 개방했다.

여기까지는 참으로 안타깝지만 훈훈한 이야기였다.

그러나 여기에 돈의 욕심이 붙으면서 그의 인생은 나락으로 떨어졌다.

놀이동산에 놀러 갔던 한 아이가 헨리 잭슨에게 성추행을 당했다고 주장하기 시작한 것이다.

아이는 남자아이였고, 미국은 가십에 환장하는 나라였다.

조사해서 아님을 증명할 방법은 없었다.

아무리 헨리 잭슨이라고 해도 모든 공간에 카메라를 둔 것은 아니었고, 그는 스타치고는 상당히 순수한 사람이었기 때문에 그런 배신은 생각도 못 했다.

그로 인해 그의 명성은 추락했고 결국 그 피해자의 가족들에게 막대한 돈을 주고 사건을 덮어야 했다.

이것이 법이다

"그리고 그 당시에 비슷한 사건이 계속 터졌죠."

헨리 잭슨에게 성추행당했다는 아이들은 계속 나왔고, 헨리 잭슨은 적지 않은 돈을 배상금으로 줘야 했다.

그로 인해 헨리 잭슨은 추락했고, 수면제를 먹지 않으면 잘 수가 없을 정도로 고통받았다.

그리고 그 수면제가 그가 죽는 결정적인 원인이 되고야 말았다.

"아실 테지만 헨리는 그로 인해 어마어마하게 고통받았지요."

헨리 잭슨은 평생에 걸쳐서 수십 번의 아동 성추행 소송을 당했다.

그때마다 기자들은 헛소문을 퍼트렸고, 경찰은 헨리 잭슨을 잡기 위해 그를 괴롭히고 때렸다.

심지어 돈 때문에 그의 누나조차도 헨리 잭슨을 배신했다.

남편에게 협박받은 그의 누나는 돈을 받기 위해 헨리 잭슨을 모독하는 수밖에 없었다고 나중에 증언했다.

결과적으로 그가 죽은 후 FBI의 발표에 따르면, 헨리 잭슨에 대한 수십 번의 아동 성추행 소송 시의 어떤 조사에서도 그가 아동 성추행을 했다거나 그러한 범죄 성향을 보였다는 증거는 없었다고 했다.

그럼에도 여전히 많은 사람들이 그가 아동 성추행자라고 주장하며 다큐를 만드는 등의 행동을 하고 있다.

이유는 간단하다. 돈이 되니까.

"미국은 천민자본주의의 나라니까요."

진짜로 돈만 된다면 뭐든 할 수 있는 게 미국이다.

사실 이 문제를 이렇게 만든 데에는 헨리 잭슨 스스로에게도 이유가 있었다.

헨리 잭슨은 너무나 마음이 약하고 착했던 사람이다.

그렇게 수많은 고통을 받으면서도, 누구도 고소하지 않았다.

심지어 경찰에게 끌려가서 두들겨 맞고 왔음에도 불구하고 그는 그 경찰을 고소하지 않았다.

아무리 분란이 있다고 해도 팝의 황제라 불리던 헨리 잭슨이었고, 그가 경찰을 고소하는 순간 그의 인생뿐만 아니라 그 당시 수사하던 경찰서까지 몽땅 날려 버릴 수 있었는데도 불구하고 그는 죽는 그 순간까지 참기만 했다.

"너무 착했던 사람이지요."

하이드 맥핀은 한숨을 쉬며 말했다.

"저도 그분의 열렬할 팬입니다만…… 그렇게 가실 분이 아니었는데."

"중요한 건 그분이 당한 과정이 지금과 완벽하게 똑같다는 겁니다."

노형진은 테이블을 톡톡 두들기며 말했다.

"아무런 관련이 없는 사람들이 동시에 완벽하게 범죄를 따로 구성해서 고소를 하고 각자의 이익을 노리는 거죠."

헨리 잭슨을 고소한 모든 고소인들이 다 서로 만나서 범죄를 저질렀을까?

아니다. 그들은 서로를 본 적도 없다.

"이번 사건도 마찬가지로 보입니다. 시작은 에바 번치가 맞습니다. 에바 번치는 이번 사건에서 고소를 한 첫 번째 여성이고, 피해를 주장하는 여성이기도 합니다."

그리고 그 후에 다른 여성이 튀어나온다.

"이미지라는 것은 참으로 조심스럽지요."

한번 성폭력을 저질렀다는 이미지가 씌워지기 시작하면 모든 조사는 그쪽으로 향하게 된다.

"아마도 다른 사건도 헨리 잭슨과 같은 방식으로 벌어졌을 겁니다."

에바 번치가 포문을 열자 제린 닉스의 이미지는 바닥으로 떨어졌다.

그가 가진 데이튠즈의 주식은, 금전적인 부분만 놓고 보자면 사실 헨리 잭슨의 재산보다 더 많다.

"이런 말 하면 그렇지만 제린 닉스를 꼬셨던 많은 여성들의 목적이 바로 그 돈이었던 것도 사실이니까요."

제린 닉스에 대한 순수한 사랑? 글쎄, 그건 모를 일이다.

그런 사람이 있었을지도 모른다.

하지만 그런 사람이 이제 와서 강간으로 고소를 할까?

"제린 닉스는 그걸 알죠. 그래서 동의하에 관계를 맺었지만, 그렇다고 해서 그들과 진지한 관계까지는 생각하지 않았을 겁니다."

"의뢰인에 대해서도 가차 없이 판단하시네요."

"그래야 이깁니다. 제 의뢰인이라고 해서 무조건 착한 사람일 리가 없지 않습니까?"

하이드 맥핀은 고개를 끄덕거렸다.

그도 경험이 많은 변호사고, 의뢰인이 착하다는 건 개소리라는 걸 잘 알고 있다.

"아마도 그러한 원한 관계도 있을 겁니다."

여성의 입장에서는 제린 닉스를 꼬셔서 진지한 관계가 되거나 결혼까지 하는 게 목적이었겠지만, 제린 닉스는 그걸 이용해서 잠자리를 하고는 도망간 버린 셈이니까.

"어찌 되었건 그 상황에서 에바 번치의 강간 사건이 터졌지요."

언론에서 심각하게 그 부분을 씹어 대고 떠들어 대기 시작하자 그 분위기에 편승하려고 하는 사람이 생길 수도 있다.

더군다나 돈을 목적으로 만남을 가졌던 여성이라면 더더욱 군침이 돌기 시작할 것이다.

"아마도 그래서 두 번째 사건이 시작되었을 겁니다."

"하이젠 밀러 사건이군요. 2년 전 호텔에서 강간당했다고 주장하고 있습니다."

"맞습니다. 그리고 이제 상황은 걷잡을 수 없게 퍼지게 되지요."

한 명만 해도 그 기회에 올라타려고 하는 놈이 있기 마련이다. 그런데 피해자가 두 명이나 나타났다.

이쯤 되면 사회적으로는 이미 강간범 확정이다.

마치 헨리 잭슨처럼 말이다.

"그리고 세 번째 사건과 네 번째 사건이 벌어집니다."

"에밀리 크루거 사건과 사카모토 준코 사건일 테고요."

노형진은 고개를 끄덕거렸다.

"그 사람들은 서로에 대해 전혀 모르고, 알 기회도 없었고, 접점도 없습니다. 하지만 그들은 같은 목적을 가지고 똑같은 범죄를 저질렀습니다. 그리고 여기서 참 웃긴 효과가 발생하지요."

피해자의 증가는 그 범죄를 확정시켜 버린다.

'봐라, 피해자가 한두 명이 아니다. 진짜로 강간범인 거다.' 하고.

"이게 바로 헨리 잭슨이 겪었던 일이었지요."

그리고 제린 닉스가 겪고 있는 사건이기도 하다.

"제가 장담하는데, 자칭 피해자는 또 나올 겁니다."

"후우, 그러겠지요."

물론 조사해서 무죄를 받아 내면 다행이지만 문제는 그게 쉽지 않다는 거다.

"아실지 모르지만 관련 증거가 없습니다."

에바 번치의 경우는 아예 카메라가 없는 제린 닉스의 별장에서 관계를 가졌고, 그녀를 데려다준 곳 역시 카메라가 없는 곳이었다는 게 문제다.

다른 세 건은 호텔 등지에서 관계를 가졌다고 하는데, 1년 넘게 영상을 보관하는 호텔은 없다.

즉, 무죄를 증명할 수 있는 마땅한 증거가 없다는 거다.

"문제는 이런 경우 가장 많이 쓰이는 증거가 제린 닉스 씨의 신체적 특이점에 관한 부분이라는 거죠."

그런데 이미 제린 닉스는 그들과 성관계를 맺은 것을 인정했다.

즉, 그들은 당연히 제린 닉스의 신체적 특이점에 대해 알고 있을 수밖에 없다는 거다.

'그러니 회귀 전에는 감옥에 갈 수밖에 없었을 거야.'

신체적 특징을 알고 있는 네 명의 피해자.

그리고 제린 닉스의 무죄를 증명할 수 있는 증거가 없는 상황.

'웃긴 일이지만 이게 전 세계적인 문제란 말이지.'

선진국일수록 법정증거주의가 더욱 중요시되며 또한 무죄 추정의 원칙이 기본이 된다.

하지만 언제부터인가 선진국일수록 성범죄에 대해서는 법정증거주의가 인정되지 않고 무죄 추정의 원칙은 무시된다.

이것이 법이다

실제로 미국 경찰은 흑인 남성에게 강간당했다는 백인 여성의 말을 믿고 세 명을 체포해서 감옥에 넣어 버렸다.

　자기들이 무죄라고 주장하는 그들의 말은 듣지도 않았다.

　그러다가 나중에 그 무죄가 밝혀진 이유가 웃겼는데, 피해 여성이 흑인에게 네 번째 강간을 당한 것이다.

　한 번도 아니고 연달아 네 번이나 흑인 남성에게 강간을 당한다?

　그건 논리적으로 말이 안 되는 일이었고, 경찰은 그 여성에 대해 조사를 시작했다.

　그 결과 그녀가 극단적 인종차별주의자이며, 흑인을 감옥에 보내기 위해 고의적으로 강간 사건을 만들어서 주장했다는 게 드러났다.

　그 정도로 미국에서도 성범죄에 대한 기본적인 법률의 원칙이 무시되는 것이 현실이다.

　이게 참으로 애매한 문제다.

　증거를 우선하면 강간은 몰라도 성추행은 처벌하기 힘들어지는 것이 사실이니까.

　"그나마 다행인 건, 이번 사건이 성추행이나 성희롱이 아니라 강간이라는 거죠."

　"그게 다행입니까?"

　"성추행이나 성희롱은 물리적 증거가 존재하지 않을 가능성이 높습니다. 그렇다 보니 이쪽에서 반박하는 것도 쉽지 않죠. 그에 반해 강간은 시간이 제법 걸리는 데다가 물적증 거도 남을 가능성이 있으니까요."

"하지만 사건은 대부분 몇 년 전 일인데요."

"그게 문제이기는 하지요."

노형진은 머리를 긁적거리면서 말했다.

"일단 가장 먼저 해야 하는 건 추가적인 고소가 들어오지 않게 하는 것입니다."

"으음……."

노형진의 기억이 맞는다면 제린 닉스가 망한 이유 중 하나가 바로 그거다.

그가 감옥에 가고 나서도 지속적으로 강간으로 고소가 들어왔고, 그때마다 패배해서 막대한 배상금을 물어야 했으니까.

'최종적 형량이 얼마나 되더라?'

이번 네 건의 사건으로 형량이 28년이었던 거지, 그 사건들의 형량까지 합하면 아마도 거의 종신형이었을 것이다.

아니, 종신형은 아니다.

'일단 100년은 넘었던 것 같네.'

하지만 결국 그는 죽는 순간까지 감옥에서 나오지 못했을 것이다.

노형진이 죽는 순간에도 그는 감옥에 있었을 가능성이 높다.

'거참, 미국이 아무리 자본주의국가라지만 좀 구역질 나네.'

물론 제린 닉스가 이런저런 여자를 건드리고 다닌 것은 도의적으로 잘못된 일이기는 하다.

하지만 그건 어디까지나 당하는 여자의 입장에서만 기분 나쁜 거다.

애초에 제린 닉스는 미혼이고, 누굴 만나든 그의 선택이다.

물론 그를 꼬시려고 했던 사람들 입장에서는 여러 가지 문제가 있기는 했지만.

"그러고 보니 한국에서는 이런 사건이 없었습니까?"

"없긴요. 있기는 했지요."

"그러면 그때는 어떻게 해결했습니까?"

"일단 그때는 한국의 재판부를 공식 문서로 강하게 압박했습니다."

"강하게 압박해요? 공식 문서로? 누가 압력이라도 넣은 겁니까?"

하이드 맥핀의 얼굴에 호기심이 서렸다.

혹시나 써먹을 수 있을까 해서였다.

노형진은 고개를 흔들었다.

"애석하게도 미국에서는 못 씁니다."

"아니, 어째서요?"

"제가 압박한 방법은, 무죄 추정의 원칙과 법정증거주의가 공식적으로 폐기되었느냐고 대법원에 공식 질의한 문서였거든요."

"그래서요?"

"당연히 아니라고 나왔지요."

노형진은 어깨를 으쓱하면서 말했다.

"한국의 재판부도 미국처럼 성범죄에 대해 법정증거주의와 무죄 추정의 원칙이 적용되지 않는 부분이 있거든요."

"하지만 그런 거라면 미국도……. 아, 안 되겠네요."

"미국은 영미법이고 우리는 대륙법계니까요."

그 차이는 어마어마하다.

당장 그러한 서류가 왔을 때 한국의 판사들이 저항하지 못한 이유는, 그러한 규정이 형사소송법상에 들어가 있기 때문이다.

즉, 지금까지 알게 모르게 여성 단체의 압력에 굴해서 증거 여부와 상관없이 유죄 추정을 해 왔는데, 공식적으로 무죄 추정 원칙을 밝히는 상부의 의견서가 있는 이상 재판에서 이를 무시하면 현 판사가 대놓고 형사소송법을 위반하는 꼴이 되고, 그렇게 되면 새론에서 판사에게 고소와 고발 그리고 손해배상까지 진행할 것이기 때문이다.

물론 팔이 안으로 굽는다고 다른 판사들이 그를 도와주려고 하겠지만, 그렇다고 해도 상부의 공식적인 지침과 형사소송법을 무시한 것은 사실이기에 인사고과는 바닥을 칠 수밖에 없다. 그러면 결국 승진 못하고 나가야 하며, 그때부터 새론이 보복하면 죽는 수밖에 없다.

"그런데 영미법계는 대륙법계랑 좀 다르죠."

"그러게요."

하나부터 열까지 문서화하고 시스템화하고 규격화하는 대륙법계는 독일의 영향을 많이 받았다.

그에 반해 영미법계는 법 자체는 최소화하고, 그게 부족할 경우 상위 재판의 판결이 법에 준하는 영향력을 가지게 되어 있다.

"제가 알기로 미국에는 아직 이 건에 대한 관련 상위 소송은 없지요?"

"벌써 거기까지 알아보고 오신 겁니까?"

'아니, 그건 공부해서 아는 건데…….'

사실 성범죄에 있어서의 무죄 추정의 원칙과 법정증거주의에 관한 판례는 아직 없다.

왜 그러냐면 미국은 한국과 다르게 무고죄에 대한 처벌이 어마어마하게 강하기 때문이다.

한국은 무고로 사람이 자살해도 처벌은 벌금으로 끝난다.

하지만 미국은 무고를 잘못하면 짧게는 5년, 길게는 10년 이상도 때려 버린다.

그래서 돈 때문에 이런 사건을 벌이는 사람들이 많지 않아 그렇게 상위 재판까지 가는 경우는 별로 없다.

　그리고 돈이 있는 사람들은 보통 여러 가지 부담 때문에 돈을 주고 마는 경우가 많다.

　진짜로 성범죄가 인정되면 처벌이 어마어마하게 강하기 때문이다.

　"양쪽 다 처벌이 강한데 규칙은 없는 애매한 상황이지요. 설마 이 사건을 가지고 상위 재판으로 가서 성범죄에 대한 법정증거주의와 무죄 추정의 원칙에 대한 규칙을 세울 생각이십니까?"

　노형진은 고개를 흔들었다.

　"아니요. 그럴 생각은 없습니다. 그건 너무 위험합니다."

　"하긴, 다른 사람이라면 모를까, 제린 닉스는 위험하죠."

　다른 사람이라면 그렇게 재판을 해도 별문제가 없다.

　하지만 제린 닉스는 너무 돈이 많은 유명인이다.

　사건이 길어질수록 그의 돈을 노리고 무고를 하는 범죄자들은 늘어날 가능성이 높다.

　마치 헨리 잭슨이 당했던 것처럼 말이다.

　"그러니 일단 그것부터 막아야지요."

　"하지만 그러려면 에바 번치를 비롯한 네 건의 사건에 대해 무고 및 손해배상 청구 소송을 해야 하는데, 이런 경우에 법원에서 불리한 판결을 받을 가능성이 아주 높아집니다."

　괘씸죄라는 것은 만국 공통이다.

이것이 법이다

실제로 한국에서도 피고인이 무죄를 주장하면 검사는 구형량을 높이는 경우가 대부분이고, 판사 역시 힘이 없는 사람이 언론 플레이 등을 통해 부당한 판결에 저항하면 2심에서 선고하는 형량이 확 뛴다.

즉, 답은 정해져 있고 너희는 거기에 맞춰서 고개를 숙이면 된다고 생각하는 게 법조계 사람들이다.

하물며 미국은 한국보다 판사나 검사의 권한이 높다.

법에 정해진 한도 내에서만 판단하는 게 아니라 재판의 기록이 강력한 효과를 발휘하기 때문이다.

"만일 우리가 그들을 고소하거나 하면 반성도 안 한다고 난리가 날 겁니다. 아마 언론에서도 가루가 되도록 깔 겁니다. 이미 언론은 적대적 상황이니까요."

어찌 되었건 데이튠즈는 거대 기업이고 언론사다.

그리고 미국은 극단적 자본주의국가고 언론 역시 사업 중 하나다.

데이튠즈의 사장인 제린 닉스가 강간으로 엮이자 언론사들은 경쟁사인 데이튠즈에 타격을 주기 위해 미친 듯이 씹어대는 상황.

"여기서 그들을 공격하면 분명 그들과 인터뷰하면서 우리에게 죄를 뒤집어씌우는 형태로 이어질 겁니다."

그러니 그들을 고소하는 것은 사건이 끝난 후에 해야 하는 일이다.

"그러면 어떻게 그 허위 신고를 막아야 할까요?"

자신들이 하지 말라고 한다고, 돈에 눈이 먼 그들이 허위 고소를 하지 않을 리가 없다.

그러니 다른 방법을 찾아야 한다.

"제 생각에는 아예 공식적으로 발표하는 것이 좋을 것 같아요."

"강간 안 했다고요?"

"아니요. 강간 안 했다고 한들 이제 와서 누가 믿겠습니까?"

"그러면요?"

"제린 닉스가 본인과 잠자리를 함께한 여성들에게 사죄의 의미로 돈을 준다고 합시다."

"네? 그게 무슨……?"

하이드 맥핀은 노형진의 말에 당혹스러워했다.

지금까지 그런 소리는 들어 본 적이 없으니까.

"한 사람당 대충 한 3만 달러쯤 준다고 하면 되겠네요."

"아니, 이해가 안 가는데요?"

하이드 맥핀은 더더욱 당황할 수밖에 없었다.

상대방이 콜걸도 아닌데 이제 와서 돈을 준다?

그건 말도 안 된다.

하지만 노형진에게는 나름의 계획이 있었다.

"제린 닉스 씨에게 물어보니 잠자리를 가진 사람이 대충 백 명쯤 된다고 하더군요. 아, 콜걸은 빼고요."

정확하게는 콜걸이나 유명인같이 문제가 생길 만한 이들이나, 또 진짜로 서로 합의하에 즐겼던 사람들을 빼고 말이다.

사실 거대 언론사의 사주쯤 되면 여자들이 안 붙는 게 이상한 거니까.

"그런데 그게 무슨 의미가 있나요?"

"제린 닉스 씨는 현재 재판 중입니다. 그러면 여기서 그 백 명의 사람들에게는 두 가지 선택지가 있습니다."

첫 번째는 제린 닉스에게 연락하여 3만 달러, 우리나라 돈으로 3,300만 원 정도를 받는 거다.

두 번째는 에바 번치처럼 그를 강간으로 고소하고 돈을 뜯어내는 것.

"첫 번째 방법은 안전하지만 받는 돈이 적지요."

일단 돈을 받는 순간 합의에 의한 관계라는 걸 인정하는 것이 되기 때문에 고소를 하지 못한다.

"두 번째 방법은, 이기면 큰돈을 받겠지만 지는 경우에는 인생 자체가 박살 날 겁니다."

"흐음?"

"생각해 보세요. 에바 번치를 비롯한 네 명의 여성의 외모를 말입니다."

그들은 다 평균 이상이다.

당연한 거다. 온갖 스타들과 만남의 기회가 있는 제린 닉스의 눈에 평범한 사람들이 들어올까?

 그가 잠자리를 가질 정도면 어지간한 연예인급의 외모는 가지고 있어야 한다.

 '원래는 지지만.'

 하지만 그걸 아는 건 노형진뿐이다.

 그러니 가해자들은 고민할 수밖에 없다.

 실제로 지금은 네 명이지만, 제린 닉스가 감옥에 가고 나서 강간으로 그를 고소한 사람들의 숫자는 스무 명이 넘는다.

 그중에는 제린 닉스가 본 적도 없는 사람도 많다.

 어차피 망한 놈이니까 일단 걸어 보자는 심리다.

 "하지만 아직은 제린 닉스가 망한 것도 아니고 여전히 강한 힘을 가지고 있지요. 그러면 당사자는 둘 중 하나를 골라야 하는데, 여기서 중요한 건 돈이 문제가 아니라는 겁니다."

 "돈이 문제가 아니라고요?"

 "아까도 말했다시피 제린 닉스와 함께한 여자들은 외모가 상당할 겁니다. 문제는 제린 닉스를 만난 게 햄버거집이나 싸구려 술집이 아니라는 거죠."

 당연히 최고급 파티에서 만났을 것이다.

 "즉, 그 여자들은 그런 곳에 들어갈 정도의 인맥도 가지고 있어야 한다는 겁니다. 물론 외모는 기본일 테고요."

"아하! 무슨 뜻인지 알겠습니다! 돈보다는 기회의 문제라는 거군요!"

그런 파티에서는 부자를 만날 가능성이 어마어마하게 높다.

물론 제린 닉스같이 그걸 이용해서 밤을 보내는 놈도 있지만, 여전히 그런 곳에서 많은 사랑이 이루어지고 신데렐라 스토리는 쓰이고 있다.

"3만 달러? 물론 그것도 군침 돌겠지만요, 만일 고소하면 어떻게 될까요?"

그 순간부터 그녀에 대한 모든 초대는 끊어진다.

그녀가 진짜 강간당했을 가능성도 분명 존재하지만, 어찌 되었건 그런 파티에 다니는 남자들은 구설수를 싫어하니까.

자본가들은 변수라는 것 자체를 극도로 싫어한다.

"그런 곳에서 사람 하나 잘 만나면 억 단위 차량도 쉽게 선물받는데 그 기회를 버려 가면서 고소하려고 할까요? 돈도 주는데."

돈도 받고, 더 이상 그런 파티에 들어갈 기회조차도 없다면 모를까 여전히 자신의 외모에 자신이 있는 여자라면 섣불리 미래의 기회를 날리지는 않을 것이다.

"공식적으로는 이번 사건으로 인해 반성과 참회를 하고 있다고 하지요."

물론 반성과 참회가 강간에 대한 반성과 참회는 아니다.

하지만 여자를 하룻밤 노리개로 삼았던 것에 대해서는 사과하는 것이다.

"하긴 강간에 대한 게 아니니까 그건 법적인 문제가 생기지는 않을 것 같네요."

당사자가 합의하면 뭘 하든 그건 자기들 마음이다.

그러니 이건 문제 될 게 없다.

"좋은 생각입니다. 바로 준비하지요. 그러면 미스터 노는 이제 뭘 하실 생각입니까?"

"일단 이런 사건에 대해 잘 아는 사람을 불러 볼 생각입니다."

이런 상황에 대해 잘 알 만한 사람이 한 명 있었다.

⚖️

"제린 닉스? 알지."

손채림은 외투 단추를 주섬주섬 잠그면서 부르르 떨었다.

"미국 춥네."

"뭐가 추워? 따뜻하구만."

"이게 안 추워? 하긴 당연한 건가? 한국은 아주 미쳐 날뛰더라. 시베리아보다 더 춥다면서?"

"멋진 나라지."

노형진은 피식 웃으면서 따뜻한 커피를 마셨다.

그러자 옆에서 걷고 있던 손채림이 투덜거렸다.

"좀 따뜻한 곳에 들어가서 이야기하면 안 되냐?"

"자리가 있어야 말이지. 커피숍에 자리가 없다."

"이렇게 추운데 누가 나오려고 하겠냐?"

그러면서 또 한차례 부르르 떤 손채림은 다시 이야기를 이어 갔다.

"네 생각대로 아스가르드에도 몇 번 탑승한 사람이야."

"네가 봤을 때 어땠어?"

"사업가들은 비슷하지."

"아니, 성적인 면에서."

"자."

노형진의 말에 손채림이 뭔가를 건넸다.

"이건?"

"그 당시 비행 내용을 정리한 거야. 총 세 번 비행했고 두 번은 단순 파티, 한 번은 회합이야."

아스가르드는 비행의 패턴을 두 개로 나눈다.

하나는 파티, 말 그대로 놀고먹고 즐기는 거고, 다른 하나는 회합. 이건 의견을 나누고자 하는 사람끼리 아스가르드 내에서 비밀리에 접촉하는 거다.

"일단 회합에서는 뭐 볼 것도 없지만, 두 번의 파티에서 보여 준 모습을 바탕으로 판단하자면 성적으로 자유분방하기는 하되 강간을 할 사람은 아니야."

"확실해?"

"확실해. 비행을 하다 보면 아무래도 만취되는 여성도 있거든."

비행기는 기압이 낮아서 쉽게 취한다.

그걸 잘 모르는 사람들은 평소 주량만 생각했다가 만취되어서 해롱거리기 쉽다.

"그런 경우에는 우리가 따로 관리하지."

아스가르드는 기내에서 동의가 없는 어떤 관계도 불법이다.

직원들이 술 취한 여성들은 따로 휴게실로 데려가서 재운다.

보통 아스가르트에 처음 타는 신참 모델이나 셀럽이 흥분에 못 이겨서 그러는 경우가 많다.

"그런데 그걸 보면 딱 각이 나와."

어떤 사람들은 기회를 봐서 데리고 위층의 침실로 향하려는 목적으로 그런 이들을 힐끔거리는 행동을 하는 반면, 어떤 사람들은 일절 반응이 없다.

"분류하자면 제린 닉스는 사냥꾼 타입이야."

"사냥꾼 타입?"

"아, 강제로 뭘 해서 사냥꾼이 아니라, 딱 한 여자를 고른 후에 끊임없이 추근거리면서 이빨 깐다고 하지?"

"아아, 황금 이빨?"

"그건 또 뭐야?"

"아니, 그런 별명을 가진 놈이 있었어."

쉽게 말해서 강제로 여성과 관계를 맺거나 돈으로 여성을 사는 데에서 즐거움을 느끼는 게 아니라 여성을 꼬셔서 최종 목적까지 가는 데 집중하는 타입들이다.

그들은 여자가 술에 취해서 기절해도 손대지 않는다.

그들 나름의 규칙에 맞지 않기 때문이다.

"맞아, 정확해. 왜 그러는지는 모르겠지만."

"일종의 자신감 충족이 그들의 목적이지."

"자신감?"

"나는 아직 안 죽었다, 나는 아직 성적으로 매력이 있다고 어필하는 거야."

당장 제린 닉스의 나이는 49세다.

남자로서의 매력이 떨어진 시점이다. 그 상황에서 아직 결혼조차도 못 했다.

"그러니 그런 행동을 통해 자신이 아직 한창때라고 어필하는 거지."

"뭐 그런 놈들이 다 있냐?"

"의외로 많아. 사실 여자를 품고 싶다면, 2차가 가능한 술집에 가는 게 더 빠르지. 하지만 그런 타입들은 굳이 클럽에 가서, 술집에서 쓰는 돈보다 수십 배를 써 가면서 여자를 꼬셔. 그들에게 있어서 중요한 건 자신의 자존심이거든."

노형진은 그렇게 말하고는 턱을 문지르면서 중얼거렸다.

"어쨌건 그런 타입이라면 역시 강간은 무리지. 대충 알겠네. 좋아, 대충 방어법이 나왔어."

노형진은 고개를 끄덕거렸다.

"이제 반격할 시간이네."

그리고 노형진은 상대방에게 아주 매운맛을 보여 줄 생각이었다.

다음 권으로 이어집니다

공작가 장남은 군대로 가출한다

로튼애플 퓨전 판타지 장편소설

멸망이 예견된 대륙에서 벌어지는 신들의 한판 게임!
차원을 뛰어넘어 신들조차 때려잡을 게임 브레이커가 나타났다!
『공작가 장남은 군대로 가출한다』

끝없이 몰려오는 몬스터의 파도를 맞아
최후의 최후까지 버티던 이정후, 아니 제이든 레온하르트
10여 년 전, '신의 게임'이라는 이름하에 이계로 떨어진 후
생존을 위해 발악하였으나
제국 최강의 가문까지 말아먹고 드디어 죽음을 목전에 둔 순간!

축하합니다. '이정후' 님께서는
갓 게임 베타테스터 중 최후까지 살아남으셨습니다.

……이 모든 일이 베타테스트였다고?

최후의 생존자 특전으로
본게임에서 남들보다 10년 먼저 시작하게 된 제이든
전 대륙을 덮치는 몬스터 웨이브에서
오직 '살아남기 위해' 그가 선택한 길은 바로
대몬스터전 최전방 북부군에 자원입대하는 것!

온 대륙에 멸망의 징조가 나타날 때
군대로 가출했던 그가 돌아온다!
강철의 검과 대륙 최강의 신수神獸로 세상을 구원하라!

무림세가 전생령귀

산보 신무협 장편소설

카카오 페이지를 뒤흔든 화제작!
무협과 네크로맨서의 미친 콜라보!

자타 공인 최강의 사령술사, 불사왕 강태하
길드에 배신당하다!

원치 않은 죽음, 원치 않은 무림행
정체불명의 기억과 혈교에 잡아먹힌 가문
무공 하나 모르는 망나니의 몸까지

"나 아직 안 죽었다!"

부족한 무공은 사령술로 때우고
무인 스켈레톤에서 뽑아낸 무공을 익히며
무림 최강자로 돌아올(?) 강태, 아니 유신운!

언데드의 파도엔 브레이크가 없다!
무공 쓰는 네크로맨서의 화끈한 무림 구원기!